意林 心励志

做自己才了不起

《意林》图书部　编

山东人民出版社·济南
国家一级出版社 全国百佳图书出版单位

图书在版编目（CIP）数据

做自己才了不起 /《意林》图书部编. -- 济南：山东人民出版社，2025.4.-- （意林心励志）. -- ISBN 978-7-209-15668-4

Ⅰ. I14

中国国家版本馆CIP数据核字第2025KX7607号

做自己才了不起

ZUO ZIJI CAI LIAOBUQI

《意林》图书部 编

主管单位 山东出版传媒股份有限公司
出版发行 山东人民出版社
出 版 人 胡长青
社　　址 济南市市中区舜耕路517号
邮　　编 250003
电　　话 总编室（0531）82098914
　　　　 市场部（0531）82098027
网　　址 http://www.sd-book.com.cn
印　　装 北京瑞禾彩色印刷有限公司
经　　销 新华书店

规　　格 16开（185mm×260mm）
印　　张 8
字　　数 160千字
版　　次 2025年4月第1版
印　　次 2025年4月第1次
ISBN 978-7-209-15668-4
定　　价 35.00元

如有印装质量问题，请与出版社总编室联系调换。

启 事

本书编选时参阅了部分报刊和著作，我们未能与部分作品的文字作者、漫画作者以及插画作者取得联系，在此深表歉意。请各位作者见到本书后及时与我们联系，以便按国家相关规定支付稿酬及赠送样书。为更加适合小读者阅读，本书对部分文章做了适当修改。

地址：北京市朝阳区南磨房路37号华腾北搪商务大厦1501室《意林》图书部（100022）
电话：18501931246

目录

CONTENTS

第一章

勇于挑战，成为你自己

深窥自己内心
诸多“奇迹”之所以发生
在于你始终相信你自己

第二章

乐观起来，一切才会好

乐观的意义
不仅在于能看到希望
更在于能积极摆脱困境
主动从危机中找到转机

第三章

找个目标吧，别太晚开始

你想成为什么样的人
不妨描绘出相应的蓝图
只要你足够努力
美好的未来终会属于你

第四章

坚持到底，未来才有底

表示惊讶只需一分钟
做出惊人的事业，却要许多年
只有拥有坚定的意志才能实现

第一章

勇于挑战，成为你自己

深窥自己内心

诸多“奇迹”之所以发生

在于你始终相信你自己

我敢于挑战

我能做得更好

别人都那么厉害，我也可以

我自信又漂亮

我能考上

我能学会

我肯定会赢

长大后，我想成为……

画重点

自信未必会带来成功
但没有更多尝试，就没有更多成长
勇于挑战，你才能成为更好的自己

我们总以为是生活欠我们一个满意，其实是我们欠生活一份努力。

魔术师的铁钉

□毕淑敏

有一位非常有名的魔术师，当记者问他成功的秘诀时，他带着记者来到平时演出的剧场门口。记者以为他会走进剧场富丽堂皇的大门，没想到他领着记者来到马路对面的一个下水道口。

“你躺在这里，饥寒交迫，假设这是在冬天的夜晚，你能看到什么？”魔术师和气地说。

记者屈身躺在地上，他闻到了下水道发出的恶臭，他看到了飘着香味的饭店和装饰华美的商场，还看到无数的人腿走向剧场。另外，有一截突出的窗台就在头顶上方悬着，如同丑陋的屋檐。他边看边说着。魔术师说：“很好，你看得很全面。只是在窗台的水泥板上，请你看得再仔细一点。你还可以有所发现。”

在魔术师的一再提示下，记者看到窗台的下方有一行模糊的字迹。记者拼命瞪大眼睛，才辨识出那是魔术师的名字。

魔术师说：“很多年前，我只是一个乡下来的孩子。冬天，我蜷着身子躺在这里。你知道吗？尽管下水道口充满恶臭，但比较暖和，从来不会结冰。我看到满天的星斗，知道明天会更冷。虽然我也看到了食品和衣物，但我身无分文。我还看到无数人去对面的剧场看演出。我萌生了一个梦想，有一天，我也要到这座辉煌的剧院里去，不是去看演出，而是让别人看我的演出。这样想了之后，我就从地上捡起一根铁钉，用冻僵的手指把自己的名字刻在窗台上了……你问我为什么会成功，就是这么简单。我用一根生锈的铁钉，把我的梦想刻在这里，每当我没有信心的时候，我就来到这里。当我离开的时候，勇气就重新充满了我的胸膛。”说完，他随手从地上捡起一根铁钉，继续说：“铁钉并不重要，重要的是亲手刻下你的名字。”

追万里星光，一如既往，注定是难忘的经历，生命的诗章。

夜游的少年

□于爱全

那时我才十来岁，对黑夜很着迷。我总想知道，夜深人静时，黄鼠狼、刺猬和啄木鸟，在树林里干什么；也想知道，银杏树上的萤火虫，是不是小精灵变的……我觉得，白天是人类的世界，而黑夜是动物和精灵的世界，藏着许多不为人知的妙趣。

在乡下，天色稍暗，就入夜了。我喜欢像夜行动物那样，出去溜达溜达。我胆子大，走在月光里，不仅不害怕，还觉得挺自在。在大人们看来，喜欢夜游是个大毛病。我弟弟就挺安分，他一入夜就会爬上床，不爬上床也会坐在温暖的灯光里。我的母亲讨厌黑夜。父亲常年在外打工，母亲独自带着我和弟弟，天一黑她就把门关得死死的。对于我夜游的毛病，她非常不理解。

有那么一阵子，母亲喜欢给我和弟弟讲一些关于黑夜的故事，大概是想吓唬我吧。那些故事都是她在黑夜里讲述的。我记得，她讲过的故事里，有掉了牙的老狼，喜欢悄悄尾随夜行的人，把爪子搭在别人的肩膀上，等到人家回头察看，它就一口咬断那人的脖子。每次听这些故事，弟弟都会被吓得用被子蒙住头，而我则会情不自禁地往窗外看。母亲讲的故事不仅没吓住我，还让我对黑夜多了探索欲。

我依然经常在夜间外出，只是手里多拿了一根棍子。我相信，凭着一根木棍，我可以活捉一匹掉了牙的老狼。不过，母亲却不这么想，我每一次在夜里外出，都让她提心吊胆。大约是夏秋之交，有那么一夜，我已躺在床上，即将进入梦乡。一只纺织娘，不知从什么地方飞来，落在纱窗上，“织啊织啊”，扯着嗓门唱起来。我隔着纱窗，用手指在它的肚皮上弹了一下。那纺织娘受惊，尖叫一声飞走了，我的睡意也飞走了。那“织啊织啊”的叫声，仿佛是一种邀约，引我去探索夜之美妙。我看月色正好，母亲和弟弟睡得正香，便悄悄下床，出了门。结果，那天夜里，有一只像我一样不太安分的黑母鸡，悄悄从我留下的门缝里跑了出去。这让我的母亲非常愤怒。虽然那只鸡没有走丢，但我的行为给全家人带来了危险。半夜三更，家里睡着人，怎么可以让家门虚掩着呢？那一次，母亲打了我，而且下手很重。

直到两年后，我才彻底改掉了夜游的习惯。我记得，那是一个秋夜，月亮特别大，四处白亮亮的。我走在玉米地里，各种草虫的鸣叫声密密麻麻。“唧唧切切”，听起来单调而有韵律的，是蟋蟀；“当儿当儿”，声音清脆如银环的，是油蛉……虫鸣伴着月光，那种美妙的意境，很多人可能一辈子都体验不到。

那一夜，我在田野里溜达了很久。途经一座石桥，我在桥边坐下歇脚，月亮也无声无息地停住了。我看桥下，水流潺潺，月亮碎成一堆凌乱的银光。我在花生地里，遇到一个提着水桶的夜行人。他问我：“你是不是叫江波？”“江波”是我的乳名。他说：“孩子，快回家吧。我遇到了你娘，她在找你，很焦急。”我回望来处，村庄影影绰绰，立在天地连接处，显得特别低矮。我知道，自己走得有些远了。我本来该回去了，可是，心头的倔强涌上来，我偏偏不回去。

我往更远的地方走去，那里是一片池塘，也是母亲反复提醒，不让我去的地方。夜雾上来了，有一点凉，蛙鸣就像高高低低的荷叶，一亩一亩地铺开。其中有一只青蛙跑调了，叫声像在打嗝。我对其他青蛙不感兴趣，就想知道，这只为何与众不同。几年之后，有人告诉我，那是一只癞蛤蟆。月亮过了中天，我才往回走。

我轻轻推开家门，母亲还没睡，她一个人坐在屋顶上。我家住在村子边上，人坐在屋顶上，可以看到一大片田野，但是夜里看不远。我进屋的时候，打了个哈欠。夜深了，我听到母亲在屋顶叹了一口气，也回屋睡觉了。她比我睡得晚。

世上的事，就是这么奇妙，母亲用故事吓我，用巴掌打我，都没能改掉我夜游的习惯，却用一声叹息拦住了我的脚步。从那以后，我不再在深夜外出，但依然向往着夜色的美妙。

如果你只是躺在所谓“天赋”之上梦想成功，成功也就永远停在梦里了。

天才究竟什么样

□吴　军

在遇到真正的天才之前，我们无法想象他们有多么厉害。比如钢琴家霍洛维茨。

1904年，霍洛维茨生于基辅（今乌克兰首都）。他从未参加过钢琴比赛，这让人觉得他不像个天才。刚出道时，他的观众很少，演奏厅的大部分座位都是空的。渐渐地，情况好了起来。再往后，他的听众越来越多。这样一步步走来，让他不用像在比赛中获奖的年轻钢琴家一样，背负声名鹊起的压力。霍洛维茨很满意自己走了一条不同于常人的成功之路。他相信，一直保持练习、不断进步，才是成功的关键。

霍洛维茨另一个让人觉得他不像天才的地方，是他的手比较小。通常认为，一个人的手指要很长才方便把琴弹好，手小对钢琴家而言是个巨大的缺陷。拉赫玛尼诺夫的手就特别大，因此他创作的曲子也特别难，音符之间的跳跃特别大。但是，如果一个人能把自己的特长发挥到极致，把所有细节都做到完美，那么个别方面的缺陷是可以弥补的。关于霍洛维茨的过人之处，主要有三点。

首先，霍洛维茨拥有绝对音感，这种天赋是很难得的。这得到了钢琴制造商施坦威公司一位顶级调音师的佐证——霍洛维茨每次出去表演，都会带着这位调音师。霍洛维茨对钢琴的音准和发声效果要求极为苛刻。每次表演前，他都会要求调音师把琴调到完美状态才肯上台。霍洛维茨对钢琴摆放位置的要求也非常苛刻。每到一个音乐厅，他总会先查看舞台上所有他认为会影响音效的物品，比如幕布的高度。然后，他会在试弹时不停地让工作人员调整钢琴的位置。工作人员经常要在舞台上小心翼翼地一点点挪动钢琴，直到找到他满意的位置。

其次，霍洛维茨的记忆力十分惊人。很多曲子他弹一两遍就完全记住了——不仅头脑记住了乐谱，甚至手和胳膊对那首曲子也形成了肌肉记忆。学过琴的人都知道，要弹好一首曲子，形成相应的肌肉记忆，一定要花费大量时间练习。演出前，钢琴家通常要用一段时间专注练习以强化手感，上台前还要专门“暖手”。但霍洛维茨不需要这些，他只需在表演前一天把琴调好，进行一次预演，然后第二天就上台演奏了。

最后，霍洛维茨有独特的演奏特色。如果说前两个过人之处是先天的，那最后这一点一半来自他的悟性，另一半来自他不断思考和改进演奏技巧。

今天，一位经过专业训练的钢琴家，想要把琴弹得像肖邦一样可能并不难，就如同今天的画家可以将米开朗琪罗的画作临摹得以假乱真一样。但是，要塑造自己的风格，表达出音乐深层的内涵，不是一件容易的事。在这一点上，霍洛维茨就特别出色。同一首曲子的几个版本，你一听就知道哪一版是他演奏的。

绝对音感、记忆力惊人、有个人特色，这些已经足够塑造一名一流钢琴家了，但霍洛维茨的水平更在一流之上，因为他还有两个更突出的地方。

其一，霍洛维茨对音乐的理解极为精深。要想把一首曲子弹好，首先要读懂作曲家的心，还要把作曲家的思想和情感通过演奏表达出来。音乐表演是一个再创作的过程，大师和普通演奏者的区别，就在于再创作的水平。有一次，拉赫玛尼诺夫听完霍洛维茨演奏自己的作品，说以后都不好意思再弹这首曲子了。要知道，拉赫玛尼诺夫也是一位公认的天才演奏家。可见，霍洛维茨对音乐理解之精深。

其二，霍洛维茨会不断求变，直到找到最好的演奏方式。他从来不听自己的唱片，有一次偶然听到收音机里播放的钢琴曲，评价道："这个人弹得很好，但有几个地方还能改进。"最后听到播音员的介绍，他才知道那是自己弹的。

通过霍洛维茨的故事，我们能体会到一个真正的天才诞生的过程——先天条件固然重要，后天不断的练习和精益求精也必不可少。当练习到一定深度后，甚至一些先天的不足也变得无关紧要。

世界上有一些人，因为拥有一些别人没有的天赋而忽略了练习，反而被这种天赋束缚了，最终无法成为天才。因此，比别人聪明点，条件好一点，没有什么可沾沾自喜的。见到了真正的天才，你才会知道自己那点天赋根本算不上什么。如果你只是躺在自己所谓的天赋上梦想成功，成功也就永远停留在梦里了。

含泪播种的人，
一定能笑着收获。

走出麦地

□老　臣

在我的家乡，七月曾是庄稼人熬脱一层皮的日子。

空中一丝风也没有，毒辣辣的太阳像个巨大的火球，灼烤着大地。抬眼望去，远近全都是弓着腰、挥汗如雨的人们。眼前，一簇簇金黄色的麦穗，像土地射出去的箭，刺痛着我的眼睛。

“把镰刀横过来，这么割。看明白啦，要这么割。”爹说着，给我做了个示范动作。漆黑闪亮的镰刀像一条“嘭嘭”打跳的梭鱼，在麦秆间飞快地穿行。每一道弧光划过，随着“嚓嚓”的声响，就有一撮撮麦子像醉汉一样倒下来。与此同时，爹的左手里就像变戏法般积满一大股麦子。“会了吗？不慌，慢慢来。”爹弯腰捡起丢在一边的草帽。

接过镰刀，我嗫嚅道：“嗯，会了。”那年，我十四岁。麦收时，我正式作为大人拿起了镰刀。暑假过后，我将升入镇上的高中。

“咱丑话说在前头，我支持你念高中，可念好念歹全是你自己的事。三年后考不上大学，你就老老实实回家放牛，别指望复读。”

开学第一天，吃过早饭，我磨磨蹭蹭没出门。妈边收拾饭桌，边给我递眼色，爹好像根本没意识到我的存在，蹲在门槛上。就在我下定决心，排除万难准备开口的当儿，爹站起身，慢悠悠地踱到堂屋的柜子前。接着，几张旧票子飞到炕上。和钱一起扔过来的，还有上面那几句让我脊梁骨发麻的话。镇上中学这几年升学率极低，爹对我上高中是不抱多大希望的。

镇中学离家有十五里路。第一天去报名，我走了足足两个钟头。看到别的同学都骑车，我一肚子怨气。等到走进校门，上高中的高兴劲儿早无影无踪了。中午回到家，一进院门，我“咚”的一声把书包摔在地上，扯着哭腔嚷开了：“这么远的路，脚都走出泡来了。这学我不上了。”

院子树荫里，爹坐在小凳上编背篓。听到我的叫嚷，他抬起头来对我说：“浑小子给谁使气呢？你以为书是给我念的啊？”爹狠狠瞪了我一眼，丢开手中的活计，出去了。

第二天下午放学，踏进院子，我欣喜地发现东屋靠墙根立着一辆自行车。车子很旧，前后挡板都没了，光溜溜的车轮暴露在外，前后圈和辐条上锈迹斑斑，但很洁净，显然刚刚擦洗过。

我书包也没顾得上放下，就迫不及待地抓住车把，翻身骑上去，在院子里蹬了两圈。爹正蹲在鸡棚上抽烟，笑眯眯地看着我在院子里转圈儿。“骑着咋样？”“还可以。”我掩饰着内心的喜悦，用尽可能平淡的口气回答。

“我拿十斤黄豆跟老牛换的。老牛不骑了，车子一直扔在仓库里，锈得不成样子。晌午我把前后胎和车闸都换了，又擦了一遍，往后归你啦。”爹瞄了一眼喜形于色的我，慢吞吞地说。

我上高中以后，家里发生了一些微妙的变化。除了每星期一次的铡草，爹不再让我干任何农活儿。晚上看电视，爹总是呵斥二姐：“声音开那么响干啥？没好节目就别看了，浪费电。”对爹的这些话，我总是心领神会，赶紧把神收回来，专心致志地看书。

然而，爹对我的学习很少过问。爹有他的逻辑：念书靠自觉。

令人焦灼不安的高考临近了。我不敢懈怠，全力以赴。走出考场那天，爹在门外迎上来，心急火燎地注视着我，问道：“怎么样，明山？”“感觉不错。”我淡淡一笑。“那就好。”爹放心地笑了。两个多星期以后，录取分数线下来了，我榜上有名。

晚上，我睡不着，听见里屋炕上，爹用低低的声音在对妈说：“大骡子缓缓再买。明山第一次出远门，钱要带够呢。”妈长长地叹了口气。我越发睡不着了。

走的那天，爹亲手把三百块钱塞进我的内衣口袋里，还让妈在外面密密地缝了好几道针线。

终于要离开家了。爹、妈和姐姐送我到村口。村口老榆树底下，站着村里的许多爷爷、奶奶、叔叔、婶婶，还有许多和我一起长大、现在已是村里壮劳力的童年时的小伙伴，他们都来送我。当拖拉机吐出一口浓浓的黑烟徐徐启动时，我的视线模糊了。

三年来，那是我第一次流眼泪。

往事不回头，未来不将就。你若盛开，清风自来。

重新开始的蜘蛛

□[西班牙]佩德罗·萨克里斯坦　邓　笛/译

从前，在美术馆的地下室里住着一些蜘蛛，它们喜欢在被人们遗忘多年的美术作品上结网。它们觉得自己的网与美术作品相得益彰，增添了艺术的魅力，于是乐此不疲，十分投入。

有一只蜘蛛名叫朱纽斯，它对在美术作品上结网这件事情格外认真，将其视为世界上最有价值的工作，为此倾注了全部精力和心血。

然而，随着时间推移，美术馆开始重新审视在地下室搁置已久的美术作品，准备在展厅腾出地方展示其中一部分。许多蜘蛛意识到这个变化，开始警觉起来，纷纷放弃美术作品，在更安全的地方继续结网。但是，朱纽斯对此毫不在意。“没关系，”它说，“只是一部分而已。”

越来越多的美术作品被从地下室搬到了展厅，但朱纽斯仍继续在最钟爱的一幅画上加固它的网。“哪里还有比这儿更好的结网地点呢？”它反问那些劝说自己的伙伴。

直到一天清晨，有人来搬美术作品，目标正是朱纽斯钟爱的那幅画。事情太突然了，朱纽斯根本来不及反应。于是，画、网和它都被搬出了地下室。朱纽斯意识到，仅仅因为不想失去自己的网，自己竟有了性命之虞。

朱纽斯迅速权衡利弊，果断做出选择，放弃了它付出了巨大热情和时间才结出的精妙绝伦的网。它这么做是明智的，也是及时的，否则难逃一死，因为在它走后不久，人们便开始了灭虫措施。

克服了许多困难后，朱纽斯逃到了一个僻静的小花园里，在那里找了一个安静的角落居住下来。现在，它又织出了一张漂亮的网，过着和从前一样快乐的生活。

认识自己，不只包括认识自己的无知，也包括认识自己的不凡。

黑先生奇遇记

□龙向梅

“黑是多么糟糕的一种颜色啊！”特别是在春天，美丽的颜色轮番登场，只有黑先生躲在一角，伤心又胆怯。“我是不被需要的颜色。”黑先生说。瞧吧，红色带给人喜庆，蓝色带给人宁静，白色带给人明快和洁净……黑色能带给人什么呢？人们还会说这样的话：“真是一个黑色的日子，连心情都是黑色的。”

为此，黑先生很自卑。他总是把自己藏在人们看不见的地方——黑影中、暗夜里、洞穴的深处。偶尔，他也跑到云朵上去看一看，结果云朵一下变成了黑色。“要下雨了！”人们都惊慌地躲到了屋子里。“算了，我还是消失吧。”黑先生想。他真的这样做了。结果，这一天，黑夜没有来。黄昏之后，还是无尽的黄昏。人们震惊不已。时间仍在嘀嘀嗒嗒地走动，黑夜却始终没有来临，星星和月亮也没有踪迹。

终于有人喊道：“一定是黑先生藏起来了！”人们这才发觉，黑色不见了：他们的影子消失了，黑色的眼珠变了颜色。世界简直乱套了，人们惊慌不已，这才发现黑是如此重要。他们想起了平日里对黑先生的偏见，感到非常羞愧。他们在每一个可能找到黑先生的角落，说着这样的话——“黑先生，是你给了我们黑夜的宁静呀。”“黑先生，是你给了我们黑色的眼睛，让我们看到万物。”“黑色稳重、庄严、时尚，充满魅力，是很酷的颜色！”

这些话，黑先生都听到了。他感动得几乎要哭起来，倏地从一个黑黑的洞穴里跳了出来。黑夜来临了，夜空中繁星闪烁，一轮明月挂在深邃的夜空。人们欢呼起来。月色盈盈的田野那么美，秋虫尽情歌唱，萤火虫点着灯笼开始巡游。多么好呀，在黑暗中，这些弱小的生命都有了自己闪光的时刻。

一位老画家重新拿起笔画起了水墨画。他对黑色情有独钟，用了不同的黑：深黑、浅黑、不深不浅的黑，云雾一样的黑、夜晚一样的黑……黑色是如此多变，如此有魅力。黑米、黑豆、黑芝麻纷纷站出来，声称自己是黑先生的忠实拥护者。黑猫、黑熊、黑乌鸦、黑蝴蝶也说，在这个世界上，他们只爱黑色。黑先生笑了，他感觉自己心里柔柔的，无限宽广。在这个美好的夜晚，他轻轻地拥抱了天空和大地。

拥有兴趣，便拥有了探索世界的钥匙。

兴　趣

□梁　衡

兴趣是人的天性，但要成功，还得将它转化为目标和毅力，不达目的决不罢休。

达尔文小时候对生物有兴趣。一次他在野外看见一只从未见过的甲虫，就用右手捉住；又见一只甲虫，即用左手捉住。这时又发现第三只甲虫，情急之下他将一只甲虫放入口中，腾出手来去捉第三只甲虫。不想嘴里那只甲虫放出一种辛辣刺激的液体，他“哇”的一声，三只甲虫全跑了。可以看出，这时他的兴趣还是一种孩童式的天性。但是，由此出发，他后来毅然参加了“贝格尔”号军舰的环球考察，一走就是5年。每到一地，他就采挖生物标本，托运回国。5年后他定居伦敦郊外，潜心研究这些资料，冷板凳一坐就是20年。1859 年他终于出版了《物种起源》，创立了进化论。目标和毅力巩固和延伸了他的兴趣。

如果想有更大的成就，兴趣还得转化为责任和牺牲。特别是从事社会科学的人，必得担大责，才能有大成。比如许多文学少年，当初只是因语言优美、情节曲折而对文学产生兴趣。但真正要成为大作家，如鲁迅，如托尔斯泰，则非得有为时代、为民众立言的责任心不可。至于社会活动家更是要心忧天下，以身许国。兴趣只有在注入了目标和责任之后才算成熟，才能抗风雨，破逆境，到达胜利的彼岸。

兴趣是成就人生的一粒种子，种瓜得瓜，种豆得豆。有的人从一开始就没有弄清楚自己是瓜还是豆，或因环境所迫，瓜秧爬上豆架，满拧着长；有的人知道是瓜是豆，春风得意，却耐不过夏天的煎熬，等不到秋天的丰收。只有那些像达尔文一样，一开始就认定要收获一个大瓜的人，栉风沐雨几十年，才能享受到秋收的喜悦。

疑惧让人动摇，信念则让人充满力量。

蚂蚁和玻璃杯

□凡　夫

非常不幸，两只蚂蚁误入玻璃杯中。

它们慌慌张张地在玻璃杯底四处触探，想找一个缝隙爬出去。不一会儿，它们便发现，这根本不可能。于是，它们开始沿着杯壁向上攀登。看来，这是通向自由的唯一途径。

然而，玻璃实在太光滑了，它们刚爬了两步，便重重地跌了下去。

它俩揉揉摔疼了的身体，爬起来，再次往上攀登。很快，它们又重重地跌到杯底。

三次、四次、五次……有一次，它俩眼看就快爬到杯口，可惜，最后一步失败了，而且，这一次比哪次摔得都重，比哪次摔得都疼。好半天，它们才喘过气来。一只蚂蚁一边揉着屁股，一边说："咱们不能再冒险了。否则，会摔得粉身碎骨！"

另一只蚂蚁说："刚才，咱们离胜利不是只差一步了吗？"说罢，它重新开始攀登。

一次又一次跌落，一次又一次攀登，它终于爬到了杯口的边缘，用最后一点力气，翻过了这道透明的围墙。

隔着玻璃，杯子里的蚂蚁既羡慕又忌妒地问："快告诉我，你获得成功的秘诀是什么？"杯子外边的蚂蚁回答："接近成功的时候可能最困难。谁在最困难的时候也不丧失信心，谁就可能赢得胜利。"

不能跨越“自我怀疑”这个障碍，就无法奋勇向前。

第一次守门

□[英]斯蒂夫·格罗吉拉　孙宝成/译

凯西举起手，内心却顾虑重重，怕自己犯下可怕的错误。

“好吧，”教练说，“下半场由凯西担任守门员。”凯西点点头。这是她首个赛季参加的第一场比赛。受到朋友的鼓励，她才加入老鹰队。上半场，队里的主力守门员负伤，替补守门员请假没来。凯西接受过守门训练，便自告奋勇上场守门。不过，这个位置需要具备较强的自信心，可她就是缺乏自信。

“你做好准备了吗？”林赛擦身走过时问，“这场比赛我们要赢。”凯西不知道该怎样做准备。“这是正式比赛，我能守好球门吗？”凯西想起一个月前的地区拼字比赛。她和林赛代表他们学校参加四年级的分组比赛，但在第一轮就惨遭淘汰，因为凯西拼错了一个比较简单的词。这个词她在三年级就知道怎么拼写，可面对话筒和众多观众，凯西的脑海中一时间空荡荡的。“你毁了我们的大好机会，”林赛说，“你要是不知道怎么拼写，为什么还自告奋勇参加比赛？”此刻，凯西想起这些话，心中仍感觉刺痛。

凯西跑到球场边去找爸爸。“你准备好了吗？”爸爸笑着问。“我担心守不好。我太紧张了。”“你当然能守好！你只要昂首挺胸，积极努力就行。”“我要是挡不住球怎么办？要是让他们进10个球怎么办？”“嗯，我猜那就不好玩了，”

爸爸笑着说，“但也不是世界末日。尽你最大的努力吧，狭路相逢勇者胜。”

凯西在球门中间，站好了位。上半场开局不久，凯西的队友就连续踢进了3个球。她们显然占据了上风，可主要原因是对方的最佳球员参加学校的钢琴独奏会去了。上半场结束时，老鹰队以4：0领先。

“咱们再进10个球。”大家互相鼓劲，希望在下半场取得更大的优势。但就在这时，凯西注意到彗星队的明星球员25号正在向球场跑来——钢琴独奏会已经结束了。

不出意外，25号上场了。她在球场上急奔，闪过凯利和林赛，把球踢进了球门。比分变成了4：1。两分钟后，25号拦截了一个传球。球像绑在她的脚上一样，被牢牢控制住。她又进球了，现在的比分是4：2。凯西感觉腹部紧绷，跟那次参加拼写比赛时一样。没过几分钟，对方大脚把球踢过来，越过了几名后卫。她孤立无援地守着球门，眼看足球呼啸着朝自己飞来。球落到她身边，但不等她有所反应，25号就扑了上去，很快她又进球了。此刻，老鹰队仅以一球领先。

几次失球，老鹰队乱成了一团。教练在场边大喊：“别慌，凯西，守住禁区！”每当足球飞向凯西，她就心跳加速，但队友都设法把球踢开了。还有两分钟，比赛就要结束了。“快点吹终场哨吧，”凯西心想，“这样的话，不需要我接球，我们也会赢得比赛。从今以后，我再也不自告奋勇做任何事了。”

突然，25号拿到球，她飞快地晃过凯利和奥利维亚，然后猛地转身，直接朝球门而来。凯西一动不动地站着，专注地看着对手那张坚定的面孔。25号在贝卡和林赛之间滑过，然后出现在离球门只有5米远的位置。她和凯西之间只有碧绿的草皮。

凯西想起了爸爸的话——狭路相逢勇者胜。她向左迈了一步，身体挡在球和球门之间。25号右脚站稳，挥动左腿，把球像火箭一样发射过来。凯西竭尽全力伸开手臂，球击中她的指尖，弹了出去，她感到一阵刺痛。凯西摔倒在地时，回头看了一眼，只见球从球门柱上落下来，弹到了球场的角落。25号追了上去。凯西赶紧站起来，迅速向球门后退，25号再次射门。凯西救球。球“砰”的一声打中了她的胸口。她紧紧抱住球，蜷缩在地上，那姿势就像一条睡觉的小狗。

凯西站起身，跑了几步，把球踢到了对方半场。一分钟后，比赛结束的哨声吹响了。凯西向场边看去，爸爸兴奋地跳起来，冲着她大喊：“干得好，守门员！”她转过身时，林赛来到她旁边，笑着说：“救得好！”凯西握住林赛的手说“谢谢”，然后和队友们跑下了球场。教练走过来，凯西上气不接下气地说：“嘿，教练，我下周还能当守门员吗？”

顶天立地的人可以活得惊心动魄，但渺小的人未尝不能拥有精彩人生。

尽管霍格沃茨不曾来信

□陈　卡

窗外的知了一声一声地叫着。我抱着一本《哈利·波特与魔法石》坐在院子里，风吹得树叶沙沙直响，也带走了我身上的汗水。在日与夜的交替中，我跟着一个小男孩完成了一次奇妙的冒险。

成长永远是最吸引人的课题，“一路打怪升级，成为一个厉害的大人”是每个孩子的愿望。就这样，我跟着哈利·波特第一次坐上了会在墙面消失的列车，吃到了鼻涕味的比比多味豆，观看了一场刺激的魁地奇比赛，使用了从火炉里就能穿越的飞路粉，也经历了人生所有的重要课题，如结交知心的伙伴、遇到心动的恋人、直面死亡的悲痛。

弗洛伊德说，每一个孩子玩游戏时的表现行为俨然是一个作家，他在游戏中创造着一个属于自己的世界。在生活这个大型角色扮演游戏中，我认为自己是一个藏在“麻瓜”世界里的小巫师，在11岁生日这天，我也会收到一封前往霍格沃茨的录取通知书。而这期间的种种，如英语考试成绩的急速下降，怎么努力都学不会的舞蹈，和父母、亲友闹过的别扭，我只是当作一点小小的挫折，日子该怎么过就怎么过，问题来了就解决，解决不了问题也没有关系，反正我最后是要去魔法世界学习魔法的。

就这样，我带着对魔法世界的期待，带着对生活的钝感，步入青少年时期。但是面对青少年时期的很多事情，我已经没有办法简单地用幻想来处理。在初中成绩排名还可以的优等生，到了高中成绩排名却一落千丈，班里的同学家境优渥，穿着时髦，原来以为自己注定不平凡的莫名自信备受打击，我不得不承认我只是一个平平无奇的“麻瓜”，一个“麻瓜”世界里最普通的“麻瓜”。

阅读是避难所，在问题中苦苦纠结、不得答案的我再次退回魔法世界，重读“哈利·波特”系列。躺在狭窄的宿舍床上的我，注意到了以前没有注意到的角色，那些被哈利·波特的光芒掩盖的小人物。我看到了纳威·隆巴顿，一个长相普通、体形胖胖的男孩，一个非常健忘、在魔法和学习上没有什么天分的孩子，他像是魔法世界里的我，而我是现实世界里的他，我们都是自己世界里的渺小者，是微不足道的存在。

关注的力量像是舞台上的镁光灯，会让人注意到很多之前被忽视的地方。在无人在意的角落，纳威·隆巴顿像小草一样奋力生长，逐渐变得坚韧。在面对巫师的战争中，他尽管带伤，却誓死抵抗食死徒，也曾冒险救过被食死徒围攻的哈利·波特。最后，他在霍格沃茨保卫战中使用格兰芬多宝剑斩杀了伏地魔的重要魂器——大蛇纳吉尼，侧面验证了特里劳妮关于杀死伏地魔的预言：“有能力战胜黑魔王的人走近了……生在曾三次抵抗过他的人家，生于七月结束的时候。”

视角的转移也让我看到了更庞大的魔法世界，古怪却忠诚的小精灵克利切、迷途知返的食死徒雷古勒斯·布莱克、疯疯癫癫却聪明的卢娜。在寥寥几笔中，我看到了世界上有如我一样的其他人，明白了虽然世界广博，却也宽宏，顶天立地的人可以活得惊心动魄，但是渺小的人未尝不能拥有精彩的人生，而接受自己也是人生重要的一课，没有写在主角生命里的一课。

实际上，我从来没有收到过一封猫头鹰带来的信件，尽管霍格沃茨不曾来信，我也是它的学生，未入门的学生。我会记得我在那个吹着微风的夏天学会了自信和勇敢，也会记得在那个求而不得的秋天学会了接受自己的平凡。

当世界选择了我们，我们没理由不尽全力。

一只羊 在我怀里热泪盈眶

□徐四春

山坡上突然下来很多羊。远远看去，它们就像一匹巨大的白练子。我对着羊群，学它们的声调，“咩咩”叫起来。几乎所有的羊在回头看我一眼以后，都嗤之以鼻地转过头去，对我这假冒的异类不予理睬。可能是为了表示它们不屑与我为伍，在我“咩咩”叫唤的时候，它们都缄默了，高傲地走过我身边。

走在最后的一只小羊，听到我的叫声似乎很吃惊。那天，我穿着大红的衣裳，未经事的小羊可能是对一只长相怪异的“红羊”感到新奇了。其他羊的高傲，小羊的好奇，都使我感到很开心，尤其小羊的目不转睛，让我童心大发地对着越走越远的它大叫特叫。

小羊“咩——”地长鸣一声，竟然掉过身子迈着碎步向我走来。我“咩”一声，它“咩”一声，我们俩互相唱和。我发现小羊的步子越来越急促，稚弱的叫声里，有一种与众不同的迫切和悲戚。当它走到我的面前，我看到，它的眼睛里充满泪水。

它毫不抗拒地让我抱起了它。它那么弱小，仰着头，玻璃球一样晶莹透明的眼睛里热泪盈眶，仿佛有一腔无以表述的感伤。就在我抱起小羊的那一刻，那看我一眼之后就对我不屑再顾的羊群，突然间都回头了，不是悠悠地游荡过来，而是群情激奋地抵角奔来！一个牧羊人，恰到好处地出现了。他喝住羊群，客气地请我放下小羊。

羊群渐渐走远了，恢复了原先闲适散漫的形态，羊们呼朋引伴。那只小羊，一直在羊群的后头。我看它，它也回头看我。我不知道，它为什么那样落落寂寥；也不知道，它为什么在我的怀里泪光闪烁。可能它是羊群里的一个另类，所以对于我这个红色另类，产生了物伤其类的共鸣。又或许它是羊群里一个孤单的孩子，羊群是它的同类，却不是它的亲人，那些此起彼伏的呼唤，没有一声是专门为了它的。而我那在别的羊听来难听无比的叫声，因为是对着它的，被它引为了知音的天籁。

每一个生灵，对于疼爱和关注，都是充满渴望的。而在整个羊群朝我冲来的时候，我分明看到，哪怕是羊，无论平时多么冷漠，在关键时刻，也是维护家族里每一只羊的。这次偶然的山区游历，将让我永难忘记，因为一只羊在我怀里热泪盈眶。

成长，就是去追求，去经历，然后发现自我。

玻璃猛犸

□范　晔

从前有一头猛犸象，它害怕别人知道自己是玻璃做的。它一直表现得很勇敢很坚强，天天用脑袋撞墙，走路故意撞在电线杆上。以为这样一来，别人就不会知道它是玻璃做的了。每天回家，它会偷偷把自己撞坏的地方用胶水粘好。

后来它有点儿累了，决定面对真实的自己——告诉大家，其实自己是玻璃做的。可是，大家早就知道了。它觉得很尴尬，想躲起来谁也不见，又想在所有人面前表现得不在乎。

再后来，它发现，原来身边所有的东西都是玻璃做的，只是它以前没注意，只顾着想自己了。怪不得那么多墙都被撞得坑坑洼洼的，那么多电线杆都被撞倒了。

最后，它发现，自己很可能不是玻璃做的，而是一头真正的猛犸象。

不迷失，不沉沦，凡所经历，便为序章。

与风为友

□[美]拜伦·凯蒂　周玲莹/译

人们常形容我是“与风为友”的女人。巴斯杜是个沙漠小镇，经年累月刮着风，每个人都痛恨它。

由于受不了风沙吹袭，很多人都搬离巴斯杜，而我能与风——事实真相——成为朋友，那是因为我发现别无选择，而且我觉悟到：与它作对，根本就愚不可及。

每当与真相争辩，我准输无疑。我怎么知道风该怎么吹或该不该吹呢？反正它就是在吹呀！世上已无任何想法能改变它。

这不表示要你宽恕它或赞同它，只意味着你可以看着事件，既不抗拒，又不因为内心挣扎而迷失方向。

生活不在于可能性，而在于行动。

生活是什么

□邓 笛

从前有一个女孩，可以做她想做的任何事情。当然，她需要有所选择，然后全力以赴。有一天，她决定坐在一块空白画布前作画。她全神贯注，一幅完美的杰作诞生了。她端详着自己的画，满心欢喜，无比自豪。

很明显，天上的云朵和星星眷顾女孩，让她非常有天赋。女孩可以成为画家。她自己也能感觉到这一点。但是，女孩很快就焦虑起来，因为她意识到虽然她有能力做任何想做的事情，但她刚刚只不过是把时间花在了画布和颜料上。

女孩觉得世界上有太多的事情可以做，太多的东西可以选择。或许她能够做一些别的事情，把时间都花在作画上将是一种浪费。于是，女孩最后一次瞥了一眼自己的杰作后，走出家门，在月光下边走边想：我应该行医还是从事建筑设计，或是当教师？

女孩完全被难住了。当在选择中迷茫时，女孩的心灵上有了厚厚的尘土，遮蔽了天上的云朵和星星；内心有了嘈杂的声音，淹没了她心底的声音。

25年之后，女孩伤心地哭了起来。因为她一直在选择中彷徨，却没有做出决定；一直沉醉在无所不能的幻想中，却没有真正去做一件事情；一直被各种各样的可能性弄得眼花缭乱，却没有做出什么实际行动。

女孩终于明白了，生活不在于可能性，因为任何事情都是有可能的；生活在于决定，在于行动，做一些能让自己感动的事情。

这个已经不再年少的女孩做出了决定，买了画布和颜料，开车到附近的一个公园开始作画，全神贯注，与许多年前一样。她每天作画，满心欢喜，无比自豪。幸好，还有一段时间可以让她陶醉于生命的奇迹。

目标在前，只要方向正确，就不怕路远。

风的方向

□石　兵

儿子年幼时喜欢放风筝，无论寒冬酷暑，只要天空有风，他都会兴高采烈地出门放风筝。有一天，儿子突然对我说："爸爸，我觉得风好奇怪，你看不见它，但能感觉到它，它像一只透明的大鸟，一年四季跑个不停，有时向南，有时向北。向南时冷飕飕的，向北时热乎乎的，我的风筝好像一直在跟着它飞呢。"

儿子的话让我心中一动，这是一首多么美好的诗啊。细细想来，风真的很像一只落单的候鸟，终日在天空飞行，偶尔在大地上歇息一下，便会带来不同的关于季节的信息。风的方向也和候鸟的方向一致，一年只会改变一次，秋冬季节自北向南，春夏季节则掉过头来自南向北。

风的方向变换与四季更替有着一份默契，说不清彼此之间究竟是谁影响到了谁，但一定是互相成全了彼此。风会带来四季更替的消息，季节的变换也会提醒风要改变飞行的方向了。

风吹绿了柳芽，那是春天的消息；风吹开了繁花，那是夏天的信笺；风吹落了果实，那是秋天的收获；风吹着漫天大雪翩翩起舞，那是冬天的诗意。同样的风，因为不同的方向，带来了不同的景色，诠释了不同的季节，也为大地上的人带来了不同的感受与心情。

不知从何时开始，我渐渐有了观察风向的习惯，出门后会看天空的云向何处飘移，会看树上的叶子向哪个方向摇摆。久而久之，我竟渐渐在风中平静柔和下来，每当遇到不决之事的时刻，似乎总有一阵风在心头吹起，为我吹散漫天的迷雾，揭示未知的方向。

观察风的方向，突然感受到了天地宏大与自身微小，突然就没有了忧愁烦恼。这是风的哲学，似乎也是人世的哲学。无形无质的风亦有自己的方向，有血有肉的人为何不能坚持自己的方向呢？

任何理想和梦想，都需要扎扎实实，甚至奋不顾身的行动。

但　是

□［日］岸见一郎　邓　超/译

“我可以跑马拉松吗？”临近出院的一天，我向医生提出这个问题。医生的回答让我很意外，他说：“要不试试看？”

为什么这个回答对我来说出乎意料呢？因为我想过：以我刚做完手术的身体，想参加马拉松肯定是不可能的。而我的医生教会了我，切莫把自己局限在“一定不行”“应该做不到”这些框架中，重要的是要想“也许可以呢”。

这不仅仅是说生病。很多事情，我们都打着各种幌子放弃了。

著名心理学家阿德勒说：“无论是谁，都能完成任何事情。”当然，有些事情我们的确无法做成，但如果从一开始就不放弃，坚持去做，还是有其价值的。不妨相信自己的可能性，相信“也许能做成”，先向前迈一步试试看。当走出了这一步，你也许真的就能做到了。

那些嘴里说着“总有一天”“终有一日”的人，实际上和说“不行，我肯定完不成”的人是一样的。即使有人跟他们提出“先试试看吧”，他们也会答复：“可以，但是……”他们并非因为做或不做而犹豫，其实就是在说“我不会做”。

如果不能跨越“但是”这个障碍，就无法勇敢向前。

和别人交流学习经验，我有时候会在对话过程中数对方说了多少个“但是”。“但是”后面跟着的八成是借口，我不会直接加以否定，而会告诉对方：“今天这是第三次听你说‘但是’了呀。”我想要让他本人意识到，他已经把“但是”这个词挂在嘴边了。

让我们做个简单的测试，今天你也来数数“但是”吧。然后观察一下，自己会在什么时候说“但是”。如果意识到自己说的“但是”太多，当你想开口的时候，就试着把这两个字咽回去吧。总之先试试看，你一定会有意外的收获。

身份只是一个人的标识，不该成为一个人的枷锁。

治国封侯的放羊人

□王佳佳

西汉年间，有个河南的农民，名叫卜式。他很会放羊，把自家100多只羊养到了1000多只，只只膘肥体壮。他由此攒下不少家产。听说国家正和匈奴打仗，他便向皇帝上书，表示愿意把自己一半财产捐给国家，用来支援前线作战。汉武帝觉得很奇怪，派人来问他是不是想当官。卜式说：“我只是个放羊的，既不会也不想当官。”使者问他：“那你是不是有什么冤屈想上告？”卜式说：“我从来不和别人争执，没钱的人我借钱给他，品行不好的人我教育他，他们对我都服气，我哪儿来的冤屈啊？”“那你到底想要什么呢？”使者急了。卜式坦言，自己真的什么都不要，只是认为贤人就应该为国家、民族献身，有钱人就应该捐钱，只有这样才能把匈奴消灭。

使者回去，如实汇报。汉武帝询问丞相桑弘羊，桑弘羊表示质疑：“这不是人的真实情感，可能不怀好意，最好不要接受他的捐产。”卜式捐财的事便不了了之。

一年多以后，匈奴的浑邪等部落纷纷战败。为了安置降民，朝廷财政支出巨大。卜式听说此事后，立刻捐出20万钱。在他的带动下，许多富人也慷慨解囊。当地太守将名单向皇帝作了汇报。汉武帝发现了卜式的名字：“这就是上次那个想捐出一半财产的人啊！”于是奖赏他每年12万钱，卜式把这笔钱又全部交给了官府。汉武帝见他始终如一，想任命他做中郎，卜式却不想当官，汉武帝说：“那你去上林苑替我养羊吧。”卜式欣然答应。

一年以后，上林苑的羊长得又肥又壮。汉武帝询问卜式有什么秘诀。卜式说：“按时作息，去除不好的，不要让它们害了一个整体。治理百姓也是一样的道理。”汉武帝感到惊奇，想让他去治理老百姓试试，于是任命他当县令。结果，卜式的养羊经验又一次发挥奇效，当地百姓安居乐业。就这样，一介农夫平步青云，从县令做到齐王的太傅，最后贵为齐国相国。后来，南越国丞相吕嘉造反，卜式又一次挺身而出，上书皇帝愿意牺牲性命来保卫国家。汉武帝有感于他的大义，赐爵关内侯。

卜式从养羊的工作里，竟然能悟出治理地方的窍门。可见，即便平凡的本职工作，有时也关乎家国大义、民生福祉，多思多做，终有收获。

梦想即便“卑微”，一旦被付诸行动，就会变得神圣。

成为什么，在于你相信什么

□大老师

宫仔从小就有两个爱好，研究海洋生物和画画。她称呼鱼类时会加敬称，最爱去的是水族馆，收藏了很多海洋生物标本，画的也都是海洋生物，未来的愿望是成为一位“鱼博士”。

宫仔性格木讷，除了鱼，她对其他事都不关心也不介意。她分辨不出其他同学的恶意，大家整蛊她时她会跟着一起笑；她发现不了隐藏的危险，会接受陌生大叔的邀请去别人家里看鱼。爸爸和老师都很担心她：只知道鱼，奇奇怪怪，学习成绩也不好，将来怎么办？宫仔即使听到了，也没有太大反应，而是默默地回到自己的世界。

过于专注海洋生物让宫仔一直很“另类”。这在小时候可以被当作“呆萌”，长大步入社会之后却会变成很多实际的困难。一个并不新鲜但又很难回答的问题浮现出来：一个人只关注自己的兴趣，生活在自己的精神小宇宙里，是可以的吗？或者说，你可以在多长时间、多大程度上坚持做自己？

宫仔是幸运的，她的痴和爱一直被呵护着。

幼年时，面对爸爸和老师的质疑与担忧，妈妈坚定地支持她。宫仔常常给他们做鱼吃，直到多年以后，妈妈才说出心里话，其实他们都不喜欢吃鱼。

学校的一位老师很喜欢她的画，把她的作品推荐给别的老师，甚至为她举办了一场画展。

进入社会后，宫仔开始屡屡受挫，却遇到善良的宠物店老板收留她，开寿司店的老朋友邀请她创作海洋主题画，在媒体工作的老同学为她量身定做节目企划。宫仔在她热爱的道路上越走越远。她用热爱照亮了很多人，这些人也用爱照亮了她。

电影《鱼之子》最后，宫仔成为“鱼博士”，小朋友们都读着她画的海洋生物图鉴。她戴着箱鲀帽子，被小朋友们围着，一路奔跑，跃向大海。

整部电影里，宫仔一直保持着微笑，面对形形色色的人、坎坎坷坷的事，她没有皱过眉头，没有犹豫迟疑过。对鱼的热爱是她的根，让她扎得深、站得稳。

我们很难判断她是怎么想的，她几乎没有表露过。

电影中有两次从外人的视角提出了质疑。

一次是宫仔和朋友吃饭，朋友的朋友也在场。闲谈时，朋友的朋友问宫仔是做什么的，宫仔说自己在宠物店打工，将来想成为“鱼博士”。朋友的朋友忍俊不禁：“这么大人了，还说这种话。”一事无成，这恐怕是宫仔在外人眼中的标准形象。

另一次是宫仔收留了无家可归的老同学桃子和她的女儿，她们每天都过得优哉游哉。在海边休息时，桃子抱歉地对宫仔表示，自己打扰了她的生活，宫仔却说：“没有的事，我很开心。”

桃子说：“可是，我们这样很不‘正常’啊。”

宫仔却回答：“什么是‘正常’？”宫仔不懂什么叫“正常”。

这时的宫仔，脸上除了惯有的憨直，还透着一丝认真和坚定。

对宫仔来说，人生的道路是可以选择的，也应该是由自己选择的，“正常”只是一副自愿的枷锁，是逃避现实的安乐窝。

在她的坚持下，在家人和朋友的支持下，她的梦想越发蓬勃，但人生的种子始终在她的内心深处。种子总要发芽的，梦想总要发光的。

你能成为什么，取决于你相信什么。

成长·洞见

做事要有啥态度

人们会把垃圾丢在地上的原因是什么？

有三个选项：A.人们的素质太低；B.地球的万有引力大；C.垃圾箱的魅力不够。

不少人认为当然是A了，人们的素质太低。但是，有一个公益组织选了C，觉得垃圾箱的魅力不够。他们的理由很简单。如果选A，解决这个问题就要改变成千上万的人，根本办不到。如果选C，这个问题就转化成了一件容易着手解决的事。站在做事的角度，这才是正确的逻辑。

三个答案其实对应了三种看待世界的角度。袖手旁观的“评论家”，选A，一切都是别人的错。没有人文精神的人选B，一切都是客观规律。做事的人选C，他们总能找到一个改变世界、马上去做的起点。

追求完美，是人的一种缺点。

寻找3号山羊

□班　超/编译

一切始于加拿大多伦多附近的一个小镇。

那是一个闲散的周日下午，两个在校生突发奇想，导演了一出闹剧。他们从附近找来三只山羊，并在山羊身侧写了三个编号：1、2和4。那天晚上，他们把这三只山羊悄悄放进了学校教学楼。

第二天早晨，当校方人员走进学校时，闻到了一股难闻的气味。不一会儿，他们发现了楼梯上和入口处的粪便，意识到教学楼里跑进羊了。于是，他们立刻展开搜索，很快找到了三只山羊。但是，学校的管理人员仍然很担心，因为他们不知道3号山羊哪里去了。令人挫败和恐慌的是，大家怎么找都找不到它。

接下来这一天，校方都在寻找3号山羊。他们给学生放了一天假，老师、助教，甚至食堂的厨师都忙着找3号山羊。当然，他们不会找到，因为它原本就不存在！

你与学校这些找羊的人像不像？你可能已经拥有了全部山羊，却还在东奔西走，一天到晚地寻找那只难以捉摸、不见踪影的3号山羊。

你的长处天天被使用着、发挥着，可你根本不在乎。你只看见自己的缺点，无时无刻不在寻找“失踪”的那部分！所以，停止为你的“3号山羊”担忧吧！你所拥有的已是全部，也足以使你有所成就。

测试：你是左脑强，还是右脑强

人的大脑可以分为左右两部分。左脑和右脑在大多数活动中是相互配合的，但人们通常认为它们又是有一定分工的。了解自己的左右脑优势，可为学习与工作提供参考。你是左脑强还是右脑强呢？测测就知道了！（记好你选A与选B的个数）

开始测试：

1. 遇到困难的时候，你通常会怎么做？

A. 凭直觉走下一步　B. 认真分析形势及解决方案，三思而后行

2. 以下两个旅游方案，你会选择哪个？

A. 你喜欢冒险，选择富有挑战的路线

B. 你不太喜欢冒险，选择另一条路线

3. 在音乐方面，符合你的情况的是哪个？

A. 你自小乐感就很好　B. 你不是很喜欢音乐

4. 在理财方面，符合你的情况的是哪个？

A. 你经常有“钱都花在哪儿了”的感叹

B. 你大概清楚自己的日常花销

5. 与陌生人初次会面时，你更在意：

A. 对方的穿着　B. 对方的谈吐

6. 当你在思考的时候，你脑海中会出现什么？

A. 脑海中出现的大多是图形、图片　B. 脑海中出现的大多是一个个语句

7. 在时间管理方面，符合你的情况的是哪个？

A. 你经常为拖延症感到焦虑和懊恼　B. 你做事井井有条，时间分配得当

8. 下面哪项任务更让你感到头痛和束手无策？

A. 去郊外完成一幅画作　B. 做一份数据分析报告

9. 看电影的时候，你是否经常感动到流泪？

A. 是的　B. 不是

10. 以下更符合你的特征的是哪个？

A. 灵活创意　B. 沉稳靠谱

11. 以下更符合你的实际情况的是哪个？

A. 先处理简单的事情，后处理重要的事情

B. 先处理重要的事情，后处理简单的事情

测试结果：

选A的数量多：右脑强

右脑主要从事形象思维，是创造力的源泉，又被称作“艺术脑”。右脑强的人感性，擅长直觉、想象，在美术、音乐等艺术领域有很高的悟性。图像记忆能力强，爱幻想，动作协调，行动敏捷。如果你右脑强，那么创作、艺术、开放的环境更能激发你的潜力。

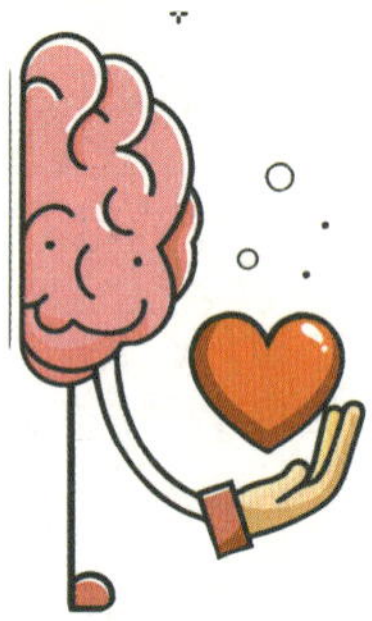

选B的数量多：左脑强

左脑主要从事逻辑思维，负责语言、判断、分析、推理等，可以称作“学术脑”“语言脑”。左脑强的人理性，说服他人的能力强，对阅读、推理的活动更感兴趣。如果你左脑强，可能成为出色的会计师或规划者。世界上大部分人都是左脑优势者，如若能开发右脑的潜力，那就会在创造力方面有较大突破。

第二章 乐观起来，一切才会好

乐观的意义

不仅在于能看到希望

更在于能积极摆脱困境

主动从危机中找到转机

学会依靠自己

我对自己很满意

那又怎么样

再走一步就好

看到了未来

必须坚强一点

大家都不错

你绝对可以

画重点

人生就像一条大河
无论怎样总会滚滚向前
你越是乐观地活在当下
越能憧憬美好的未来

有些特长微不足道，照样可以让人与众不同。

“特长”的“特”

□柯　钧

在一所世界知名学府的入学典礼上，校长每年都要向全体师生特别介绍一位今年的新生。有一年，校长隆重介绍的是一个自称会做苹果派的女同学。学生们感到好奇，作为世界知名学府，这里不乏多才多艺的人，校长为何会推荐一个擅长做苹果派的学生呢？

最后，校长揭开了谜底。这所学校每年招收的新生都要填写自己的特长，几乎所有同学都写了运动、音乐、绘画等较为常见的项目，但从来没有人写过自己擅长做苹果派。因此，这位女同学便“脱颖而出”，被选为“特长生”代表了。

这真是一位有趣的同学。如果她在履历表上填写“擅长厨艺”，结果会怎样？肯定不如“擅长做苹果派”更能打动人心。那些填写擅长运动、音乐、绘画的，可能仅仅会踢两脚足球、吹吹口哨或者画几笔素描之类的。于是，他们没有写得很具体，只写了一个笼统的概念。也许这些方面他们真的很擅长，但细细想来，这背后也多少有些心虚吧。而“细化”自己的特长，则显示出一种天真的可爱和拙朴，同时也昭示着一种自信。

再比如，如果在简历上“有什么特点”一栏中写“说谎时容易脸红”，明显要比写“从不说谎”来得真诚、有趣，当然也更能打动人。有些特长，虽然微不足道，但由于你在这方面比其他人“特”和“长”，照样可以让你与众不同。

心中有月光，便能在岁月的千沟万壑中意志坚定。

一罐月光汤

□徐立新

当乡下的夜空升起明月，月光便会洒满山林和村舍，地面上也会凝起一层透亮的“薄霜”。此时，侧耳倾听，定可听到孩子们踏“霜”的声音——他们三五成群，在晒谷场上追逐打闹，做各种有趣的游戏……玩得不亦乐乎。

孩子喜欢有月光的夜晚，大人们也是。有天晚上月光很亮，亮得连父亲也觉得待在屋里睡觉未免太过可惜。于是，他便带我去村外的湖边夜钓。月光如水，湖平如镜，即使浮漂只有豌豆般大小，漂在水面上也清晰可见——先是点点浮颤，继而微微下沉。当浮漂猛地一沉，父亲迅速起竿，一条白花花的鱼便在水中扑腾翻转起来——上钩了！

月光清澈、白亮，想是鱼儿也不忍就此睡去，纷纷借着“月光灯”的光亮，在湖中来回穿行。父亲的鱼篓很快便装满了。此时，明月依然高悬在夜空之中。父亲意犹未尽，并不打算回家。但我们有些饿了，父亲索性找来一个废弃的陶罐，盛一罐干净的湖水，将它支在火堆上——他要煮一罐鱼汤。水从湖里汲取而来，白白净净；鱼刚钓上来，也白白净净；月光自星空流淌而来，更是白白净净。父亲说，喝下白白净净的汤，心里就无比安宁，少怨无烦。

很快，鱼汤泛起了奶白色，像一捧捣碎的、皎洁的月光，盛在罐子里。没有碗，父亲便等罐子放凉，让我直接捧着罐子先喝，剩下的再给他。因为一直都是这样啊，有好东西他总是让我先尝。鱼汤里未放任何作料，淋漓尽致地展现了天然的鲜美！

父亲还不忘在一旁说："这可不是一般的鱼汤，而是一罐月光汤，只不过几条白白净净的鱼游到了汤里。"那一刻，眼前脸庞黝黑、整日忙碌的农民父亲，俨然像一个白面书生，只是他的精力全都用在了日复一日的田间劳作之中。为了家人，父亲不得不埋身于田间地头。每遇旱季，我们都要使用好几台水车，将山下的泉水运往高处的梯田。白天水车轮不到我们使用，只有到了晚上，父亲、我和妹妹在月光下每人负责拉动一台水车，一阶一阶地向高处送水。

暑假期间，父亲常去集市卖红薯。凌晨便要担货出发，由于在山路上夜行，我便替他打手电筒照路，为他壮胆。倘若道路被月光照亮，父亲便会独自上路，不用我陪。月光是他的伴，是他的明灯，是他的保护神。

中考时，我考得不好，没能被县城好的高中录取。一天晚上，父亲和我纳凉闲话，他说："你别看现在天这么黑，等月亮一出来，这里便会亮堂起来，你要相信明天一定会好起来！"父亲的话点醒了我，使我重拾信心。后来，我考上了一所重点大学。多年后，父亲才告诉我一个秘密：他曾是一名公职人员，写得一手好文章，可后来因为一些原因，只能回乡种田。

通过一罐月光汤、一车月光泉和一弯月光路，我终于读懂了父亲。因为心中始终有月光，才使他在岁月的千沟万壑中岿然不动，且从不发一句怨言。在父亲看来，人生若苦，根源则是心里苦，不管遇到任何困难和不顺的事，只要心田常被月光滋润，不干涸，不开裂，人生便有希望和奔头！

亲情是疗愈伤痛的港湾，
让心上的愁悲烟消云散。

生日礼物

□刘以鬯

窗外有雨。时已五点半，小添福惘然站在窗边，若有所思。母亲走过来，问他：“你在想些什么？”他一言不发，径自走到大门边。母亲又问他：“你到什么地方去？”他爱答不理地说：“出去走走。”“这样大的雨？”添福噙着眼泪说：“我不想待在家里。”“为什么？今天是你的生日。等爸爸回来，我们下面吃。”

添福脸一沉，拉开大门，直向雨中冲去。他冒雨过街，在对街的楼下踽踽独行。他想起早晨的情景，因为想收养一只小狗，着实被母亲骂了一顿，心情很郁闷。

雨很大，他走呀走，不觉来到了公共汽车站。每天傍晚，父亲总在这里下车。他的父亲没上过大学，早年当过苦力，凭自学成了副工程师。半年前，做工的时候，没留神摔断了右臂。他本来爱说爱笑，出院后连笑容都没有了。添福走到公共汽车站时，车刚到。父亲第一个下车，一见他，就用惊诧的口气问：“添福，你到这里来做什么？”“来接你。”“你瞧你，淋得像只落汤鸡，着了凉，可不是闹着玩的。”

父亲挥手招停一辆出租车。他平日非常节俭，怕儿子着凉，不得不忍痛奢侈一下。坐在车子里，父亲问：“你母亲知不知道你来接我？”“不知道。”父亲眉头一皱，说：“这行为实在不对。”添福噘着嘴不出声，然后父子俩默然不语。

车子在大雨中驰行，一只小猫看见疾驰而来的出租车，有点儿慌张，来不及躲避，被车轮碾过了。添福歇斯底里地狂叫起来：“让我下车！”父亲立刻吩咐司机停车。车子尚未停稳，添福已跳出车门，飞奔到肇事地点，终于在水沟边找到了那只小猫。小猫没有死，但前腿折断了，正在流血。

父亲说：“它的伤势很重，你我都已无能为力了。”添福的眼眶里充满泪水，伸手轻抚小猫的脖颈，声音颤抖，对父亲说：“爸爸，你必须想办法，不然，它会死的！”但是父亲说：“一只断腿的小猫，就不再是一只小猫了。你上车去吧，你母亲还等着我们回去吃晚饭哩。至于这只小猫，让我来处理吧。”

“爸爸，”他哀求道，“我们必须想法子救它，不能让它死去。只要……只要我们能设法阻止它继续流血，它还是可以活的。”“不，”父亲非常坚决，“这是没有办法的事，你先上车去吧。”添福开始呜咽了，他边哭边嚷：“我求求你！”

父子俩默然地站在雨中，相持了好一阵子。添福小心翼翼地用双手将小猫捧起。父亲俯下身子，掏出手帕，开始为小猫包扎伤口。最后，他撕下衬衣的一角，索性将小猫的四只脚扎在一起。“这样，它就不能动弹了。”父亲说。添福捧起小猫，同父亲再急急上车。

车子开动时，小猫静静地躺在添福怀中。父亲脸上开始露出笑容，说道：“今天晚上，我本来计划带你去看电影，现在可看不成了。”“爸，我不要看电影。”“今天是礼拜六。”“今天是我的生日呀！”父亲怔了怔，猛然想起，前几天曾经答应给添福送生日礼物，如今他竟把这件事忘记得一干二净。他心中很难过。

回到家，母亲正在门口等候，看见出租车，立刻大声呼唤道：“添福，是不是你同爸爸一起回来了？天哪！真把我急死了！你们知道现在几点钟？你们……你们究竟在搞什么名堂？”父亲说：“我们救活了一只受伤的小猫。”母亲从添福手中接过小猫，兀自走进厨房。当添福换好衣服去看小猫时，小猫已经舒舒服服地躺在竹篮里了。竹篮里放着两件添福的破衬衣，小猫侧卧着，嘴边有个搪瓷盆，盆里盛着牛奶。

“爸爸。”添福轻轻叫了一声。“嗯。”“你觉得它的伤势痊愈后，会不会走路？”父亲微微一笑，吐了一口烟，说：“你爸爸断了右臂，还不是一样在做工。”添福笑了，脸上的惆怅也完全消失了。这时，母亲已经将晚餐煮好，有肉，还有长寿面。母亲对添福说：“祝你生日快乐。”添福点点头说：“我快乐极了。”

晚上，雨未停，风很大。添福心情平和，因为他的小猫不必再受风雨的摧残了。

父亲在床上睡不着。母亲问他：“为什么不睡？”“因为……我心里有一种不安的感觉。”“什么？”“前些日子，我曾经答应送一件生日礼物给添福，但是，我竟忘记了。”“你已经给添福送了一件很好的礼物，快睡吧，明天一早还要工作。”

母亲熄灭电灯，窗外雨声转大，芭蕉叶在风中飘舞。

心灵只有与自然相合，才能更好地产生智慧与创造力。

自然金字塔

□苗　炜

弗吉尼亚大学的城市规划师蒂姆·贝特里曾经提出一个概念，叫“自然金字塔”，他说人们应该摄入一定剂量的“大自然”。

金字塔的顶端是一年一度或者两年一度的荒野之旅，“那些地方会重塑我们的核心，为你注入对自然的深刻的敬畏感，让你重新跟更广阔的人群连接，重新确定自己在宇宙中的位置”。往下一层，是每月去一次森林、海边，或者沙漠、群山。再往下一层，是每周去一次公园、河边，暂时逃离城市的喧嚣，至少在自然环境里待够一小时。然后，自然金字塔的底层，是我们日常接触的自然，包括社区里的鸟、树木、喷泉，家里的宠物、绿色植物，以及自然光线、新鲜空气、蓝天白云。这些都类似于日常的蔬菜，可以帮你缓解压力、提高专注力、减轻精神上的疲惫感。

除了日常与“自然金字塔”在底部相逢，希望你还能尝试一下金字塔顶端的“深时之旅”。

生活在于选择。幸福与否，关键看你怎么活。

不做大人物

□亦　舒

阿梅莉亚·埃尔哈特是世界著名女飞行员。1937年，她驾驶飞机自美国奥克兰出发，打算环游世界一周，可是再也没有回来，飞机在太平洋上空失踪。

新闻图片中只见她母亲沉着而哀伤，默默地期待着。

埃尔哈特事件至今传说纷纭，未能证实她芳踪何在。

照理说，飞得那么高那么远，是很多父母对子女的期望吧，可是，凡事要付出代价，舍弟在大学取得奖学金负笈英伦之前，家母不高兴：“你可不可以不去，在咱们这里找份工作陪我？”他当然没有答应。那时，我们一年也见不到他一次。

稍有志气的普通人都要以牺牲亲情成全事业，不要说是“英雄”“英雌”了。记得我的二哥小时候曾笑嘻嘻地同母亲说：“妈妈，我不要做大人物，我只要帮你择黄豆芽根。”

过于贪婪，往往会把自己所有的也彻底断送。

拒绝装满的“瓶子”

□赵盛基

南美洲的圭亚那高原人迹罕至，却是奇异植物的天堂，太阳瓶子草就是其中之一。这种草色彩艳丽，是一种食虫植物，叶子形似瓶子，可收集雨水，也能分泌蜜汁。香甜的蜜汁引来昆虫，它们落入“瓶”中溺水而死，就成了太阳瓶子草的美餐。

高原多雨，“瓶子”口没有盖子，如果雨量太大，“瓶子”中的雨水漫溢出来，里面的营养物质势必一并流出，这不就前功尽弃了吗？奇怪的是，即使大雨倾盆，连绵不断，“瓶子”似乎也永远装不满。原来，“瓶子”上有个小孔，多余的水都从小孔排掉了，“瓶子”中的水就不会漫溢出来，从而确保了“瓶子”里的营养物质不流失。从小孔排出的水也没浪费，而是流到根部，浇灌太阳瓶子草。

太阳瓶子草之所以能在严酷的环境中生存下来，皆缘于它巧妙而智慧的生存策略：懂得舍弃，拒绝装满，不多索取。

痛苦让人沉思与成长，但也会将人摧折与毁灭。

说的是真的

□张秋子

文学有时需要经过生命经验的处理，才能真正被理解。在《喧哗与骚动》中，作者福克纳提到，儿子在父亲的墓地边“突然觉得好玩，便决心在附近逛一会儿”。我的一位学生不能理解这种心情——哪怕父子感情再不好，他也应该全神贯注于生死大事，除非作者就是要表现儿子毫无心肝。直到后来，她跟我分享了自己的经历。

她与室友养了好几年的猫突然得了猫瘟，已经奄奄一息。两个姑娘在医院里哭到没有力气，只好把猫抱回。整夜，猫一直在哀号。可能是因为“眼泪都哭干了”，姑娘们无法彻底沉浸在悲伤里，时不时竟还聊起了最近发生的一些愉快的事情。有时候，因为猫的叫声太烦人，她们还会抱怨两句。第二天，猫终于离去了。

在她不可自抑的分心时刻，她突然理解了那个儿子的态度：没有人能持续不断地沉浸在一种高强度的痛苦之中。原来，文学说的是真的。

改变命运的，并不仅仅是机遇，也包括被温柔以待。

做一个布朗尼蛋糕吧

□乔凯凯/编译

琼斯老师正在发数学卷子，拉曼拿到了自己的卷子。与其他同学开心的状态相比，拉曼垂头丧气，像一只受伤的小狗。琼斯老师说过，这次试卷题目的难度不大，所以同学们考得都不错，甚至很多人考了满分。

拉曼一开始也很有信心，直到看见试卷上的分数。拉曼仔细看了看那些做错的题目，事实上，那些题目他都会做，只是因为太粗心，算错了答案。这让拉曼很难过，并且很懊悔，他几乎要哭出来了，不知道回家后该如何面对母亲。

下午放学后，拉曼拖着沉重的脚步往家走。经过一个下午的时间，他已经做好了接受母亲责罚的准备。

“亲爱的，你终于回来了。”一进门，母亲就拉着拉曼的手，笑着对他说，“快来瞧瞧，我给你做了什么好吃的。”

拉曼勉强挤出一丝笑容，他担心眼前温馨的景象只是暴风雨来临之前的宁静。

母亲做了布朗尼蛋糕，还放了许多坚果和水果。不得不说，品尝着香甜可口的布朗尼蛋糕，拉曼的心情好了很多，他看着母亲，情不自禁地说：“妈妈，我爱你。”“亲爱的，我也爱你。”母亲起身，一边说道，一边拥抱了拉曼。

拉曼觉得应该向母亲坦白自己的成绩，哪怕会因此破坏此刻美好的氛围。没想到，听拉曼讲完之后，母亲将拉曼抱得更紧了，她轻声说：“我早就知道了，宝贝，所以我特意做了布朗尼蛋糕。”

拉曼不明白母亲在说什么……母亲的意思是，明知道他考试的成绩很糟糕，却没有责怪，反而专门给他做了香甜的蛋糕。

“是的，没错。我怎么可以责怪你呢？”母亲点点头，看着拉曼说，“我知道你肯定很不高兴，所以我要给你一些甜甜的食物，让你开心起来呀！”拉曼抱紧母亲，眼泪忍不住流了出来，但这并不是难过的眼泪，而是开心的眼泪。拉曼会把此时的眼泪收藏起来，永远保存在心底。他知道，这将会是足以温暖他一辈子的财富。

成长·洞见

你能看到别人的优点吗

著名作家余华和一个厨师聊天。厨师问余华：“怎样才能成为一个好作家？”余华说：“要想成为一个好作家，先要成为一个好读者。”厨师又问：“怎样才能成为一个好读者？”

余华说：“第一，要去读伟大的作品，不要读平庸的作品。长时间阅读伟大作品的人，趣味和修养就会很高，写作的时候自然而然会用很高的标准要求自己；长期读平庸作品的人，趣味和修养也会很平庸，写作时会不知不觉地沉浸在平庸里。所有的作品都存在缺点，包括那些伟大的作品。读的时候不要去关心作品的缺点，应该关心优点。因为别人的缺点与你无关，别人的优点能帮助你提高自己。”

厨师点点头，对余华说：“做厨师也一样，品尝过美味佳肴的人才能做出好菜。我经常派手下的厨师去其他餐馆吃饭，以提高他们的厨艺。我发现总说其他餐馆的菜不好吃的厨师没有进步，总说其他餐馆的菜做得很好的厨师进步很大。”看到别人的优点，尤其是身边人的优点，绝大部分人往往不以为意，甚至嗤之以鼻，殊不知这样会错过很好的成长之机。

成长就是学会在生活的画布上，
用经历的笔触勾勒出自己的色彩。

13 岁里的摘抄本

□四月小龟

①

小学六年级时，学校里突然刮起了一股抄歌词之风。广播台里动听的音符像是一股清风，荡漾着青春的思绪，而那优美的歌词，就像一串串风铃，在微风吹拂中拨动着年少的心。

当时，在我们这个北方四线小城，学校重视升学率，学风极为严格，每个学生都是统一的校服、帆布鞋。这样一来，精美的笔记本就成了女生展示自我的最佳平台。

可是，我妈认为，这些歌词打着青春的名义写朦胧的爱，在定力不足、需要安心学习的年纪，会扰乱我们的思绪。

所以她拒绝给我买笔记本。我也没机会像同学那样，从家长那里“骗小钱”，聚少成多地攒钱。因为妈妈是我们学校的语文老师，她对我的日常开销了如指掌，能将之精确到角。我想她大概是入错了行，不该教小学语文，而该去大学教经济。

那个周五，北方严寒的冬日里难得透出一丝暖意，大家三五成群慵懒地聚在一起看歌词。我把头深深地埋在课本里，不想让别人发现我竟是一个毫无美感、只会学习的蠢女孩。

可是，害怕的事情总是会在最担心的时候到来，一个女生故意提高音量问我：“你不会没有歌词本吧？”

我一时惊慌失措，不知如何回答。不料，前桌那个平时不爱说话、屡次和我竞争第一的转校生说：“她只是没带而已。”我望着他，心里有些许委屈，些许感动。阳光斜斜地照着，教室里微小的灰尘在光芒的过滤下，毫无章法地舞动，一如我那纷乱的心。

2

放学后，我去找了爸爸，将心事一股脑儿掏出。爸爸很感动我对他的信任，带着我回家翻箱倒柜，将他废弃的工作笔记里没用完的页面裁剪下来，和我一起动手制作了一个笔记本。

他说：“斯是陋室，惟吾德馨。笔记本虽简陋，但内容才是审美的关键。”

第二天一早，他骑车载我在寒风中蹬了几里路，到蜡梅初开的公园采了几朵梅花。回家之后，我们把它们做成标本，贴在笔记本里，然后抄了很多歌词。

周一，我开心地将本子展示给前桌男生，他惊喜地赞叹我的本子与众不同，其他同学也纷纷称赞那个梅花标本。

我的13岁，因为爸爸的呵护有了自信，因为同学的称赞有了色彩。自信和色彩让我初来乍到的青春，在北方寒冷的冬天里，绽放出了最美的花。

3

妈妈看我拥有歌词本已是既成事实，就出新招：“你的歌词本，也就是几枝梅花添了新意，其他没什么惊艳的地方。”姜永远是老的辣，我立刻上了她的套：“那怎样做才能别具一格呢？”

妈妈像个评论家，故作高深地说：“字好看点儿，摘抄的内容丰富点儿，整体格调就提升了。”说完还给我看了几张她做的手抄报。我不禁佩服老妈的审美，立刻开始行动起来。

北方的冬天，呵气成霜，我抱着一个热水袋，坚持每日练习。妈妈称赞我这种精神堪比大学士宋濂——“天大寒，砚冰坚，手指不可屈伸，弗之怠”。她帮我找来很多好词好句，供我选择摘抄。

在老妈的影响下，我的歌词本在不知不觉中变成了“作文宝典”，但我毫无察觉，反而因为语文老师的表扬、同学的常常借阅而高兴。后来，我的语文一直很好，我也终于懂了妈妈当初的“套路”，但我心里只有温暖，只有感动。

这个“简陋”的歌词本，让我知道，我的13 岁里，有妈妈严密的守护，有爸爸暖心的呵护，还有青春初来乍到时同学相互竞争却也相互帮助的小美好。

成为自己，不但要知道自己想要什么，也要知道自己不想要什么。

你想要什么

□陈　影　隋莹莹/编译

人们总是对将要发生的事充满期待，或者计划去做一些让自己开心的事情。但是，当那些你盼望着的、让你开心的事真正发生时，你有时会觉得自己并不像期待的那样开心。

比如，你之前特别想要一个飞盘，因为你看到别人玩飞盘时觉得那很棒。但当你有了飞盘，玩了几分钟以后，你发现飞盘并没有那么好玩。也许，你特别想给自己的房间刷上喜欢的颜色——嫩黄色或宝石绿色。这个主意似乎不错，但当你真的这样刷完后，墙壁看起来非常糟糕，你又希望自己一开始就不刷。

生活中常常有类似的状况，很多事情与你预想的不同，但这并不意味着让你开心的事情是不存在的。这只不过表明，有时你会发现，我们很难事先知道，当一件事真实发生时是什么样子。

为什么会这样呢？应该如何让事情变得更好呢？这里有一个有效的方法，即你必须多次询问自己真正想要什么，你必须停下来思考想要的东西是否合理，而不只是简单地等待，希望得到它。

有时，你很难发现自己真正想要什么。其中一个原因是每个人都在变化。甚至相比于去年，你现在已改变了很多。那时你想要的东西，现在可能已经没有兴趣了。但问题是，大脑并不能一直跟上你的变化。它不会总能注意到你一直在成长，所以它会让你觉得你仍然需要相同的东西。于是，你现在有了这些东西，只会觉得很无趣，或者不会像以前那样觉得开心了。

你很难知道自己真正想要什么的另一个原因，是有些事情（东西）听起来很棒，但当你真去做（得到）时，会明白它们并没那么好。睡在冰屋里听上去很酷，但在现实中，那里非常潮湿和寒冷，还有点儿吓人。

我们常常会做出错误的选择，因为我们很容易受别人影响。朋友都说水上公园棒极了，你可能并不喜欢那里。这并不意味着你很奇怪，也并不意味着你应该强迫自己喜欢水上公园。事实是，你和朋友并不完全一样，让他们开心的事情可能并不会触动你。

不只是孩子很难弄清楚自己想要的东西，大人也一直有这样的困扰。虽然孩子和大人有时看上去不同，但在这件事上是一样的。

广告总是鼓励人们要更多的东西，并试图告诉我们，如果买更多东西，便会更开心。比如，广告会展示这样一张图片：一个人戴着一块非常昂贵的新手表，他看上去非常开心。这会暗示我们："如果我买了那块手表，也会像广告里的那个人一样感觉很棒。"那块手表可能非常不错，但问题是，感到开心和拥有一块手表实际上并没有直接关系。我们想要的是希望自我感觉良好，也就是说让我们开心的不是某样东西，而是经历和联系。我们可能会认为一块手表或一双新鞋能让我们开心，事实却并非如此。当你想要拥有汽车、手提包、私人飞机、新手机，甚至是去豪华餐厅就餐时，这和想要手表是同样的情况。

波伏瓦是一位法国哲学家，她对"我们很难知道自己想要什么"这个问题非常感兴趣。她生于1908年的巴黎，第一批汽车恰好在当时被制造出来。她于1986年去世，那时几乎每个人都有一辆汽车。她喜欢派对，喜欢穿漂亮衣服，也喜欢旅行。她一生写了很多本书，她还是另一位哲学家——萨特的好朋友。他们几乎每天都会一起吃午餐，谈论正在创作的作品。波伏瓦有很多朋友，她经常会把他们写进书里。"我们很容易忽视自己真正想要的东西，而去迎合其他人的想法"，波伏瓦对这个问题进行了深入思考。她意识到，我们很清楚别人的观点，却忘了问自己真正想要的是什么。她认为，弄清楚自己真正想要什么，是每个人一生中最重要的事情。

虽然波伏瓦酷爱购物，但她并不喜欢那些昂贵华丽的商品。事实上，她尤其喜欢去货品便宜的商店。在纽约做演讲时，她喜欢去"一元店"，那里所有的商品都是一元钱。波伏瓦认为，我们真正想要的是享受生活，但通常会错误地以为买到的东西是快乐的关键。

当你思考自己想要什么的时候，请问自己是真的想要这个东西，还是你自认为想要它。要记住，即使你没有得到它也没关系，它可能已经不再是那个让你真正开心的东西了。

如果事事都能如意，还要努力干什么！

父亲的小纸条

□袁可涵

整理书房时，无意中翻到我曾经非常喜爱的一本书。翻开扉页时，一张小纸片从书里滑落下来，我心头一震，思绪也随之飘散开。

初二时的分班考试前，班里的气氛异常凝重，同学们都铆足了劲儿复习。我当然也是不甘落后，每天除了吃饭和休息，其他时间都在做题。考完我信心满满，胜券在握，可是成绩出来后，我惊呆了，全班55人，我排在第46名，处于被分出去的10个人之中。握着成绩单，我感觉整个世界都崩塌了。很快，老师开始安排放假事宜。望着台上老师一张一合的嘴唇，我的脑袋嗡嗡作响，一个字都听不进去。从下学期开始，我将不再属于这个班级了，我的心里充满不舍和沮丧。

拖着沉重的脚步，我慢慢地走出校门，门口早已挤满来接孩子的家长。我下意识地朝以往父亲常站的地方望了望，那天他并没有来。冬天的黄昏里寒风刺骨，我却一点儿也不想加快脚步，平日十五分钟的路程，我走了半个多小时。

忐忑不安地进了家门，家里的灯亮着，但父母并不在客厅。我做贼似的摸进卧室，迅速将成绩单藏了起来，偷偷抹去眼角的余泪，对着镜子努力调整情绪。我告诉自己，不能让劳碌了一天的父母为我的不争气伤心。再次走回客厅时，我发现，桌上的晚餐早已准备好了，唯一与往日不同的是，我的碗下压着一张叠好的小纸条。我好奇地打开，几行钢笔字映入眼帘："孩子，分班考试的成绩公布前，班主任就已经和我联系过了，你的成绩我也已经知晓。你的情绪肯定很低落，不知道如何面对我们，但我要告诉你的是，如果事事都如你意，那还要努力干什么……"

读到这里，我泣不成声。没想到，对我一向粗暴、苛责的父亲竟有一颗如此细腻的心。从那以后，我知道，在人生的路上，我一直都不是一个人。

与其他的情感比起来，父亲的爱是那么沉默而僵硬。于我而言，这张小小的纸条有着特别的意义，只是轻轻地摩挲，就能感觉到无比的暖意。我把它的边角抚平，仔细地夹在书页里，好好珍藏起来。

拒绝并非定论，它是指引你走向新道路的信号灯。

树上最甜的苹果

□［美］黛比·利维　乔凯凯/编译

托比看起来很不开心，从校车上下来时，他没有和司机叔叔说再见，甚至没有和同座的凯莉打招呼。这让托比的妈妈琼斯太太感觉很意外，她知道，托比很喜欢凯莉，经常和她一起玩，和她分享自己亲手做的蛋糕。

吃完饭后，托比独自坐在窗前发呆。琼斯太太走过去，轻轻地捧着托比的脸，问："亲爱的，发生什么事情了？"

托比的眼睛突然红了，他咬着嘴唇，努力控制着不让眼泪掉下来。托比没有回答琼斯太太的问题，而是问："我是不是很糟糕？我觉得自己一无是处。"

琼斯太太在托比身边坐下来，拍着托比的肩膀说："不，亲爱的，你很优秀，而且以后会变得更加优秀。"

托比摇着头，不相信琼斯太太说的话。如果真的是这样，凯莉为什么拒绝了他的请求？托比的表现印证了琼斯太太的猜测。看来，托比确实是因为遭受拒绝而陷入了自我怀疑。

琼斯太太带托比来到院子里。正值收获的季节，苹果树上结满了果实，红艳艳的，惹人注目。琼斯太太摘下一颗最大的、最红的苹果，举到托比面前，笑着说："这是树上最甜的一颗苹果，送给你。"

托比没有伸手，脸上露出一副为难的表情。事实上，托比不喜欢苹果，甚至有些讨厌苹果的气味。"对不起……我不应该怀疑它是树上最甜的苹果，但是你知道的，我不喜欢吃苹果。"托比带着歉意对琼斯太太说。

琼斯太太没有生气，反而笑了起来，说道："你不喜欢吃，但对它没有任何影响。我的意思是，它依然是树上最甜的苹果。对吗？""当然。"托比完全认同琼斯太太的说法。"那么，亲爱的，"琼斯太太看着托比，认真地说，"凯莉不答应你的请求，并不代表你很糟糕。"

托比瞬间释然了。他的脸上重新露出笑容，明天他还要找凯莉玩耍，因为凯莉说，他们永远是好朋友。

答错题并不可怕，可怕的是不敢跳出“标准”的框架。

改个题目拿满分

□张君燕

课堂上，小安德森正在认真地考试，其中一道题难住了他。当然，并不是这道题特别难，小安德森成绩优异，很少遇到不会做的题目。这道题是“把右边第五个圆形涂成红色”，小安德森分得清左右，能准确说出各种图形的形状，数数也很熟练，至于识别颜色，对他来说更是小事。

那么，难点在哪里呢？安德森忘记带彩笔了，他的文具盒里只有一支黑色的铅笔。安德森稍做思考，拿起笔把题目中的“红色”涂掉，改成“黑色”。这样一来，他就能轻松地完成题目——把右边第五个圆形涂成了黑色。

回到家里后，安德森把这件事讲给母亲听。母亲摇摇头，反问道：“可是这样你就改变了题目呀！”“我只是没有红色彩笔，题目的要求我都可以做到。”安德森小声回答。可他心里也没底，不知道老师会不会给他打上叉。第二天，安德森来到学校，忐忑不安地等待老师分发昨天的试卷。当他拿到试卷，看到满分的成绩时，他高兴得几乎跳起来。在他涂改过的那道题旁边，老师画了一个大大的钩，还写了一句话：很显然，这个答案并不标准，但不可否认，它是正确的。

这件事给安德森留下了深刻的印象，也带给他极大的鼓励。他突然觉得，不必循规蹈矩，因为任何问题可能都不止有一种答案。甚至有些时候，我们还可以根据自身的情况去更改一些条件和标准，只要合理，那么一切就是有可能的。

后来，安德森走上了科研道路，从事动物驯化尤其是家禽进化遗传学、基因组学等方面的研究。2014年，他与另外一名科学家一道，因“使用先进的基因组技术，对植物和动物研究做出突破性贡献”，获得了沃尔夫农业奖。他就是瑞典乌普萨拉大学动物遗传专家、基因组学教授雷夫·安德森。

雷夫·安德森不止一次对自己的学生说：“科研的本质就是创新，而创新的前提是具备颠覆的头脑。答错题并不可怕，可怕的是不敢跳出‘标准’的框架。要知道，世界上原本就没有什么标准的答案，所以要充分发动你的想象和思考，才能找到更多非标准的正确答案。”

善意是寄托爱的语言，常能帮人找到心灵的出口。

字条里有你的名字

□厉剑童

今天是班会。王老师在黑板上夸张地写下了“夸夸你的同学”六个大字。他向同学们强调：“一定要找出夸奖对象身上的闪光点……好了，现在给大家发纸条。”

领到纸条后，同学们立即埋下头唰唰地写起来，只有林林捏着纸条迟迟不下笔，他那双乌黑的眼睛始终盯着黑板上的几个字。“我夸谁？我才懒得夸呢！也不指望有人夸我。”十分钟后，王老师开始挨个儿收字条。林林什么也没写，他把纸条折好，放到王老师手里。“哼，反正你也不知道是谁没写。”

收齐之后，王老师开始一张一张地宣读：“我最喜欢的同学是王丽，她聪明热情，多才多艺，乐于助人……”“赵小雅是我最喜欢的同学，她不仅学习刻苦，还经常帮我补课……”“班里最值得夸奖的人是我的同桌牛牛，他上课特别遵守纪律，从不迟到早退，按时完成作业，是我学习的榜样……”

全班同学都聚精会神地听着，期待王老师念到自己的名字。而王老师每念到一位同学的名字，总会故意停下来，温和的目光在那位同学的脸上停留片刻，然后轻轻点点头。那些被念到名字、受到夸奖的同学脸上都浮现出抑制不住的喜悦和骄傲。

被念到名字的同学越来越多，现在，王老师手里还有最后一张字条，而全班55名同学，只有林林还没被念到名字。也是，他表现那么差，整天逃课，捉弄人，谁会夸他？林林心里明白，最后剩下的肯定就是自己那张不着一字的空白纸条。

台下已经有同学开始窃窃私语了。王老师的目光在教室里巡视了一圈后，落在林林身上。他举着那张字条，朗声念道：“我最喜欢的同学是林林，他会在公交车上主动给老大爷让座，会把受伤的小鸟带回家照顾……这些都值得我学习。我在心里把他当成最好的朋友……”全班同学都愣了，大家你看着我，我看着你，林林居然有这么多优点！林林自己更是又惊又喜：还有人夸我？我怎么不知道自己有这么一位好朋友！不对呀，老师手里的字条明明有字迹，可我的那张是空白的呀！到底是谁写的？

从此以后，林林心里多了一位不知姓名的“好朋友”，仿佛这位好朋友时刻在看着自己，鞭策着自己。林林变了，变成了一个大家都喜欢的好学生。虽然林林到现在都不知道那个夸奖他的同学到底是谁，不过，这对他来说已经不重要了。

满怀希望，即便是烟火凡尘，也能开出诗意之花。

留一棵柿子树点缀冬天

□马　俊

我小时候，院子里有一棵柿子树，每年都结很多柿子。村里人都说收获的时候要留几个柿子在树上，可母亲一个也舍不得留。食物匮乏的年代，柿子是味道甜蜜的美食，深秋时节全部落树，吃一部分，剩下的晒成柿饼吃。不过近些年随着生活水平的提升，各种水果应有尽有，人们都不怎么爱吃柿子了。

前几年，因为院子里的老柿子树太过茂盛，已然遮天蔽日，于是父亲把老树刨掉，种下了一棵新的柿子树。这棵柿子树亭亭的，像风华少年，三年之后就结果了。这棵柿子树上的柿子不多，结出的果子也不是那种巨大的磨盘柿。柿子有鹅蛋大小，比较瘦长，很玲珑小巧的模样，母亲说它们长得俊模俊样的。

去年柿子收获之季，我摘下一个变软的柿子尝了尝，味道依旧不错。我打算把柿子全都摘下来，母亲却说："算了，就把这棵柿子树当风景看吧！家里也不缺这些柿子，把它们留在树上，到了冬天，院子里就显得有光彩了。有鸟儿来吃，就让它们随便吃。鸟儿吃剩下的，就让它们落到地上，让鸡鸭吃！"

母亲这样一说，我方觉柿子树真是一道不可多得的风景。忽然想起一幅叫《六柿图》的画，想来柿子真的是可以入画的。霜降柿子红，柿子变红之时树上的叶子已经落得精光。一棵柿子树，片叶未留，只有枯瘦的枝干仿佛墨笔勾勒出来的一般。而鲜

艳红润的柿子点缀在枝干之上，错落有致，摇曳生姿，无限生动。这显然是一幅韵味十足的国画，墨色勾勒，彩色点染。我觉得柿子的红特别生动，不是山楂那种灰扑扑的深红，也不是橘子那种肤浅的黄色，而是清亮亮的红黄色，特别明快。

去年的柿子树，在母亲的坚持下，完成了它原生态的一个周期。没有人的参与，就让它自由生长，自由结果，自由落果。北方的冬天，草木凋零，所有的色彩都无处可寻。简陋的农家小院里也是一派冬之寂寥，而有这样一树柿子点缀，真的有蓬荜生辉的效果呢。柿子树在南墙根，妨碍不到我们。外人一进院门，最先留意到的是柿子树，人们总要啧啧赞叹一番。柿子树上挂着的红柿子，仿佛一盏盏小灯笼，明晃晃的，在湛蓝的天空下熠熠生辉。

平时我家院子里就经常有鸟儿来光顾，冬天到了，因为有这棵挂满果实的柿子树，鸟儿们来得更勤了。它们啄食柿子这甜蜜的果实，享受冬日里难得的美餐。人们把幸福留给了自然界的生灵，自己也会获得幸福感。到了一定时候，柿子还会自然落地。一阵寒风吹过，一个柿子忽然吻别枝头，“扑嗒”一声坠落在地。柿子摔烂，浓稠的果肉涌出，院子里的鸡鸭立即奔过来吃。鸡鸭吃过，狗儿还会跑来舔食地上的汤汁。我记得到了小雪时节树上还有柿子呢，一树红彤彤的柿子，仿佛是火红的希望，把枯寂的日子点亮，把漫长的冬天变得生趣盎然。

今年的柿子树上又挂满了红柿子，母亲依然决定留一棵柿子树点缀冬天。我攀上南墙，小心地掰下一枝柿子。这枝柿子形态美观，上面有六只红柿子，俨然一幅“六柿图”，我要把它带回城里，插在瓶子里当花看，相信它也能把我的冬天点亮。

我们的生活，在烟火凡尘之上，已然开出诗意盎然之花了。

亲情往往因为唾手可得而被漠视，但它着实是成长不可或缺的养料。

麦田里

□余　华

我在南方长大成人，一年四季、一日三餐的食物都是大米，由于很少吃包子和饺子，这类食物就经常和节日有点关系了。小时候，当我看到作为外科医生的父亲手里提着一块猪肉，捧着一袋面粉走回家来时，我就知道这一天是什么日子了。我小时候有很多节日，比如五月一日是劳动节，六月一日是儿童节……因为我父亲是北方人，这些日子我就能吃到包子或者饺子。

那时候我家在一个名叫武原的小镇上，我在窗前可以看到一片片的稻田，同时也能够看到一小片的麦田，它在稻田的包围中。这是我小时候见到的绝无仅有的一片麦田，也是我最热爱的地方。我曾经在这片麦田的中央做过一张床，是将正在生长中的麦子踩倒后做成的，夏天的时候我时常独自躺在那里。我没有在稻田的中央做一张床是因为稻田里有水，就是没有水也是泥泞不堪，而麦田的地上总是干的。

那地方同时也成了我躲避父亲追打的乐园，不知为何我经常在午饭前让父亲生气，当我看到他举起拳头时，立刻夺门而逃，跑到了我的麦田，躺在麦子之上，忍受着饥饿去想象那些美味无比的包子和饺子，那些咬一口就会流出肉汁的包子和饺子，它们就是我身旁的麦子做成的。这些我平时很少能够吃到的，在我饥饿时的想象里成为信手拈来的食物。而对不远处的稻田里的稻子，我知道它们会成为热气腾腾的米饭，虽然我饥肠辘辘，可是对它们仍然不屑一顾。

我一直那么躺着，并且会进入梦乡，等我睡一觉醒来时，经常是傍晚了，我就会听到父亲的喊叫，父亲到处在寻找我，他喊叫的声音随着天色逐渐暗淡下来，变得越来越焦急。这时候我才偷偷爬出麦田，站在田埂上放声大哭，让父亲听到我和看到我，然后等父亲走到我身旁，我确定他不再生气后，我就会伤心欲绝地提出要求，我说我不想吃米饭，我想吃包子。

我父亲每一次都满足了我的要求，他会让我爬到他的背上，让我把眼泪流在他的脖子上，当饥饿使我胃里有一种空洞的疼痛时，父亲将我背到了镇上的点心店，使我饱尝了包子或者饺子的美味。

后来我父亲发现了我的藏身之处。那一次还没有到傍晚，他在田间的小路上走来走去，怒气冲冲地喊叫着我的名字，威胁着我，说如果我再不出去的话，他就会永远不让我回家。当时我就躺在麦田里，我一点都不害怕，我知道父亲不会发现我。虽然他那时候怒气十足，可是等到天色黑下来以后，他就会怒气全消，就会焦急不安，然后就会让我去吃上一顿包子。

让我倒霉的是，一个农民从我父亲身旁走过去了，他在田埂上看到麦田里有一块麦子倒下了，他就在嘴里抱怨着麦田里的麦子被一个王八蛋给踩倒了，他骂骂咧咧地走过去，他的话提醒了我的父亲，这位外科医生立刻知道他的儿子身藏何处了。于是我被父亲从麦田里揪了出来，那时候还是下午，天还没有黑，我父亲也还怒火未消，所以那一次我没有像往常那样因祸得福地饱尝了一顿包子，而是饱尝了皮肉之苦。

成长·洞见

表达才能得到

不少人会在内心设置这样的信条：不给别人添麻烦。所以，有求于人的时候，便怯怯的，总觉得即便拜托别人一句，都会给他们造成不必要的麻烦和心理负担。

产生这样的心理，最根本的，还是害怕给别人留下不好的印象。实际上，每个人在生活中不可能一帆风顺，求人是很正常的。当然，前提是自己的请求是合理的、不太过分的。而且，很多事情求则得，不求便降低了它发生的可能性。

有时候，愿意再走一步，是对自己负责的表现。努力和坚持是没错的，但我们眼中的“顺其自然”，何尝不是一种不够努力的表现呢？

永在心里，便意味着永不消失。

不会消失的云朵

□崔修建

初夏，我坐在乡村清幽的小院里，清风徐徐，悠然地仰头望云。年过九旬的祖父依然耳聪目明，透着岁月的淡定。

一朵朵的白云，时聚时散，时近时远，在蓝天上不停地变换着，像一位技艺高超的魔术师，在卖力地表演着从无到有、从有到无的戏法，引得我的想象也丰富起来。

“那一朵很大的白云消失了。”我有些失落地告诉祖父。

祖父笑道：“孩子，没有一朵云会消失的，它只是变成了雾气，或者变成了雨，或者变成了雪。不信吗？你眼前这个杯子里的水，或许就是你上个月见到的一朵云呢。”

我仔细想想，觉得祖父说得很有道理，不禁欢喜地说道：“哦，我现在喝的不是一杯水，而是一朵云啊！”

“是啊，是云落在了你的杯子里。你应该问候它：‘你好，我的云朵。’”祖父脱口而出的，竟是如此有意蕴的诗句。

“你好，亲爱的云，走过遥遥之路的云，会讲美丽故事的云。”我望着碧绿的茶叶在水杯里起起伏伏，不由得喃喃自语。

“不会消失的，还有那些花瓣、那些落叶，它们会变成泥土，继续滋养着树根，滋养着树枝。它们又会变成另外一些花瓣，另外一些树叶，重新回到枝头。”祖父说道。

顺着祖父的点拨，我的思绪飞快地跳跃起来，一会儿跳到一些旧事物上，一会儿跳到一个杳无音信的人身上。我惊讶地发现，原以为已经永远消失的一些景、物、人、事，只是暂时地走开了，并没有完全消失，它们还会在某一时刻，以曾经熟悉的音容，或者以完全簇新的风貌，如此清晰地朝我走来。

那日，我与朋友小聚。朋友慨叹，在短暂的一生中，消失的东西实在太多，能够长存的东西实在太少。

我立刻向朋友讲起祖父那永远“不会消失的云朵”，安慰朋友道：“即使有些美好事物真的消失了，你也不必悲伤。那些逝去的事物是在提醒我们，好好珍惜现在拥有的。”

朋友似有所悟，但仍念念不忘曾经的一些美好记忆，极力想挽留住。朋友说道：“就像回不去的故乡，若是能够永在，该有多好。”

“永在心里，便意味着永不消失啊！”我坚定地说道，“如果对某一事物视而不见，即使它就在眼前，其实它也已经‘消失’了。而那些长存心间的非但没有消失，反而历久弥新。”

一位诗人从一段被抛弃在荒野的朽木中，拔出一根锈迹斑斑的铁钉，由衷地赞叹道：“作为一根承受打击的钉子，它闪烁的光芒一直在前行的路上，摄人魂魄的力量从未消失。”

我赞赏诗人的慧眼，更赞叹他的慧心。

我们平时所说的很多消失的东西，其实它们并没有真的消失，只是换了一种形态或方式，进入另一个场域，以另一种面目呈现，就像许多美好的信仰、品质、精神……它们不会真正消失，而是始终闪耀着迷人的光芒，散发着无穷的魅力。

不会消失的云朵，有时飘动到我们的头顶，有时飘落到远方的山林，有时化作一溪流水，有时进入草木的根茎，但无论在哪里，那朵云好好活着的信念一直都在，好好生长的努力一直都在。

一段旅程的尽头，仍然是路，只要你愿意走。

柯南道尔的荒岛生涯

□黄　成

大名鼎鼎的侦探小说家柯南道尔曾是一名医生，他和朋友一起开过诊所，还“客串”过侦探，破获了几起案子。鲜为人知的是，柯南道尔曾接受了一项挑战：在一座荒岛上独自生活一年。

独居一年，算不上什么，一年时间很快就会过去。他曾在一艘捕鲸船上当过医生，荒岛对他来说也算不上什么。况且契诃夫在小说《打赌》中将这种“囚徒”生活描述得那样精彩动人，他决定接受这一挑战。

挑战规则中对随行物品做了要求。在书籍方面，挑战者被要求只能带一套书。他几乎没有犹豫，就从书架上取下了英国历史学家爱德华·吉本创作的六卷本《罗马帝国衰亡史》，以及一本古典地图册和一个笔记本。显然，用罗马帝国千年史来对抗荒岛上的一年光阴，再合适不过了。

荒岛生涯开始了。新的环境，一开始总是有些令人激动，他绕着荒岛游览，像国王一样巡视着自己的领地。几天后，他开始厌倦这种巡视，回到小木屋，专心阅读。他给自己制订了严格的阅读计划，以便在这一年内观照这1300年的历史。

他感到时间就如同天空一样澄净。没有丝毫杂质，没有丝毫干扰，他可以心无旁骛地沉浸在这与世隔绝的精神世界中。每当书页开启，他就仿佛飘浮在空中，观看着地面上的一次次交战和一幕幕冲突，见证着王朝的兴衰历程。

当然，他也开始感到寂寞。他怀念自己的屋子、自己的书房和书架上的书，有不少书是他当年饿着肚子买下的。每当合上书页，他就会闭上双眼，穿过那扇魔法之门，回到熟悉的书房，让指尖在书脊间轻轻扫过。

虽然身在荒岛，但通过想象和记忆，柯南道尔仍畅读着家里的藏书。正如他在《书屋环游记》中写道：“比起整个书架上那些你想起来才会翻的书，你脑袋里实际记住的诗才更有价值。”

每个人都有自己的优势，幸福的个人定义，正基于你能否发现并发挥它。

缺一张报纸

□李春杰

美国普林斯顿大学心理学教授杰恩斯曾养了一只亚马孙蜥蜴当宠物。起初，教授按其自然界的食谱，找来昆虫、蜗牛和蚯蚓等讨好它。但小家伙傲娇得很，拒绝吃任何东西，很快就瘦骨嶙峋。

某日，教授以火腿三明治为午餐，顺手掰块儿火腿递给蜥蜴试试运气。小家伙一如既往，连个白眼儿都不给，教授只好继续边看报纸边进餐。一张看完的报纸滑落到地上，恰好盖住那块火腿。蜥蜴一见，立即朝着报纸快速进发，并粗暴地撕开报纸、叼起火腿，大快朵颐起来。原来蜥蜴需要潜行攻击、撕碎食物后才能进食，这是它在进化中形成的生存优势。

2500年前，亚里士多德问道：“什么是幸福的生活？”大师雄视古今，世人一脸茫然，其实大师自己给出的答案（遵照道德准则生活就是幸福的生活）也不尽如人意。2500年后，美国心理协会主席塞利格曼回答出了新高度：“幸福的生活，就是找出你的优势并发挥它。”

作为冷血动物，蜥蜴既无修齐治平之愿，也无争宠炫富之心，最大的乐子也不过是图个口福。但在杰恩斯教授那儿，小家伙对躺在眼皮子底下的美味珍馐兴趣索然。为什么？因为缺了一张能让它发挥优势的报纸。

我们每个人都有自己的优势，但幸福的个人定义基于能否发现并发挥它。与蜥蜴不同，我们人类享有一项普遍优势，那就是可以主动思考，进行积极的自我暗示，借此从心理干预的角度舒缓情绪、驱散忧郁，以及避免极端。

进行主动积极的思考，需要一定的药引子，比如自我救赎的勇气。泰戈尔的《飞鸟集》里说：“我相信，在群星之中，总有一颗星星，引领我的灵魂，穿过未知的黑暗。”这些话语，或许就是我们现代人需要的那张报纸。

赞美是心灵的阳光，能滋养人的灵魂。

一句称赞改变两人命运

□王林峰

陆机，字士衡，祖父、父亲都是东吴名将。陆机才华横溢，以文学闻名于世，官至平原郡内史。《世说新语》中记载，一次，陆机休假返回洛阳，乘船行驶至淮河。当时这里活跃着一伙强盗，为首的叫戴渊。戴渊看陆机船上装的行李很多，像是富人，就指挥手下乘船来抢陆机的行李，自己则搬个马扎坐在岸边镇定自若地指挥。陆机指挥几名随从抵抗着强盗的进攻，强盗人多，陆机人少，渐处下风。忽然，陆机看见戴渊仪态不凡地在岸边指挥，不由自主地夸赞道："你有这样好的指挥才能，应当为国效力，为什么还做这类勾当呢？"真是一语惊醒梦中人，闻听此言，戴渊因感激而落泪，一看陆机也非凡人，便扔掉了手中的剑投奔陆机。通过了解，戴渊果然在军事上有非凡的才能，陆机更加器重他，就写信向朝廷推荐了他。后来戴渊当上了征西将军，在平定边境的叛乱中立了大功。

一句称赞的话，改变了两人的命运：一是让陆机化险为夷；二是让一个强盗头子成了国家栋梁。所以，在人际交往中，不要吝啬称赞他人，它会让人变得快乐、自信、勇敢和坚强。一句得体的称赞，能让世界收获的，往往是几倍的回报。

测试：『影子人格』——看看你藏起来的另一面

每个人除了在众人面前表现出的“显性人格”外，还有一个更贴近内心的“影子人格”。你知道自己隐藏起来的一面吗？

开始测试：

1. 你喜欢紫色的还是青色的葡萄？

紫色——跳3　　青色——跳2

2. 你觉得红苹果比青苹果更好吗？

是的——跳5　　不是——跳4

3. 你对水果的喜好是根据它的颜色而定的吗？

是的——跳4　　不是——跳6

4. 你认为有红色的香蕉吗？

有——跳5　　没有——跳6

5. 你希望橘子是什么颜色？

绿色——跳8　　紫色——跳7　　其他——跳6

6. 你觉得绿香蕉比黄香蕉更好吃吗？

是的——跳8　　不是吧——跳9

7. 如果西瓜不是绿色的，你希望是什么颜色？

红色——跳12　　褐色——跳9　　蓝色——跳11

8. 你喜欢苹果红还是草莓红？

苹果红——跳10　　草莓红——跳9

感觉没区别——跳12

9. 你喜欢哪种水果？

草莓——跳10　　榴梿——跳14　　石榴——跳11

10. 你喜欢橘黄色的梨还是黄色的？

橘黄——跳11　　黄色——跳12

11. 你喜欢吃榴梿吗？

喜欢——跳14　　不喜欢——跳13

12. 你觉得吃深色水果比浅色水果更健康吗？

是的——跳14　　不是——跳16

13. 你希望杧果是无色透明的吗？

希望——跳15　　不希望——跳14

14. 你喜欢吃樱桃吗？

喜欢——跳15　　不喜欢——跳16

15. 你相信有黑色的苹果吗？

相信——跳17　　不信——跳16

16. 你感觉最常见的水果颜色是什么？

红色——跳19　绿色——跳17　黄色——跳18

17. 你喜欢葡萄还是葡萄干？

葡萄——跳20　葡萄干——跳22

18. 你讨厌颜色暗的水果吗？

是的——跳21　不是——跳19

19. 你觉得深红的樱桃比浅红色的好吃吗？

是的——跳D　不是——跳21

20. 绿色的水果就是不成熟的吗？

是的——跳A　不是——跳C

21. 水果有长相的区别吗？

有的——跳C　没有——跳22

22. 如果你是水果，你会是水果之王吗？

会——跳A　不会——跳B

测试结果：

A高傲：表面上你温柔和蔼，但内心不允许自己向任何人低头，你总是拼尽全力去和对手一比高下，即使平时不会表现出来。你应该克制自己对成功的渴望。

B自卑：你经常不自信，总是怕犯错误，怕被人嘲笑。这样的思想让你矛盾，你也不知道该如何去面对前面的困难，表面上坚强的你，其实真的觉得自己活得很累。建议放轻松，多一些自信心！

C自恋：你渴望自己受到关注，同时你也相信自己有这种魅力。无论是外表还是能力，你觉得自己都是不错的。需要注意的是，不要表现得太过高调，不然容易引起别人反感！

D不羁：你不希望被约束，不喜欢走寻常路，有点天才式人物的狂放不羁。渴望有起伏的生活，不甘心一生平凡。有才华是你的优点，但要注意面向阳光，走大道。

第三章

找个目标吧，别太晚开始

你想成为什么样的人

不妨描绘出相应的蓝图

只要你足够努力

美好的未来终会属于你

环球旅行

成为考古学家

买套大房子

写一部畅销书

让人类的寿命更长

攻克一种疾病

开发超强的人工智能

画重点

有了目标，人生就有了方向
你便不会因为短暂的挫折而沮丧
找个目标吧，别太晚开始

你若不想辜负生命，就得给世界创造价值。

灯　塔

□[阿根廷]阿里埃尔·奥马达　任沙沙/译

里奥九岁生日那天，外公送给他的礼物，竟然是一座苍老陈旧的灯塔。“灯塔是用来做什么的？”祖孙俩沿着海边的山崖小路朝着灯塔向上攀登。“很多年以前，它是用来防止船只撞上岩石的。不过最近这些年，我一直用它做很不一样的事情。现在，灯塔是你的了！今天晚上我要教的东西，你可一定要特别认真地听啊。”

他们登上山顶的时候，夜幕已经降临了，几颗害羞的星星在天空中眨着眼睛。外公打开塔中的大灯，把明晃晃的金黄色光线射向天际，从左边扫到右边，又从右边划回左边，一次又一次，直到确认塔灯的功能一切正常。接下来，他做出了一个非常奇怪的举动——把两只手放在一起，摆出的手势在空中的云彩上投射出一只飞鸟的剪影。

“里奥你看！像不像燕子？”外公一边说，一边扇动双手，让剪影的翅膀挥动起来。里奥兴致不高，也不太明白外公到底在干什么，但看到他兴致勃勃的样子，就什么也没说。随后，外公开始不停地开关灯塔的灯光，先短促地闪了三下，接着是一短两长……他一边让灯光闪烁着，一边安详地抽着烟斗，脸上一直挂着微笑。等到外公熄灭灯光的那一刻，已经是凌晨时分了。

初升的太阳懒懒地照着沙滩上搁浅的海螺。两个人小心翼翼地往山下走，生怕绊倒在岩石上，外公轻声对里奥说：“还记得我们用手摆出的燕子吗？”“那是给渔夫们的妻子看的，她们因为担忧，常常彻夜不眠，直到看见海平线上返航的船帆。我们这个小小的戏法，能带给她们希望，坚信亲人会平安归来。”

“那开开关关的灯光呢？”里奥迫不及待想知道。“当然是摩斯密码了！所有的水手都看得懂它。老莫丹一个人住在十千米以外的孤岛上，每天晚上，我都这样给他讲一个小小的故事——自从航海时代结束，他一直闷闷不乐。”“外公，你每天晚上都做这些吗？”“是啊！每天日落之后，我都到这里来，帮助那些迷失的人。也许只是一句温暖的话语，或者一个简单的故事，就能鼓舞他们坚持守望，从黑夜到天明。”外公慢慢地摘下水手帽，戴在了里奥的头上。

夜晚丢失的睡眠，完全可以在白天的梦里找回。

少年的夜

□贾周章

少年的我有一把手电筒，装了四节电池，可以照出去很远。有了手电筒，我就可以在夜里出门玩耍。记忆中，我经常在冬天的夜里举着手电筒与村中的孩子在田野里瞎逛。野外到处都是麦地，脚踩上去软软的，像踩着一层绒被。

随着天短夜长，麦苗长到一拃高时冬天就会到来。入冬之前，需要为小麦“浇冻水”，使整块地结冻，冻得越实，来年的收成就越好。村庄的野外有一口小井，冬灌来临时家家轮流使用。那一年，轮到我家使用小井时，已经是后半夜了。我听到父亲起床后自己也醒了，他走进院子，打亮了自己的手电筒，在一堆农具中翻找自己的铁锨。他扛起铁锨即将走出院子时，我也穿戴整齐，在他身后推亮了自己的手电筒。手电筒的光亮在院子里有了“体积”，像一根越来越粗的柱子。

走出村庄后，星星显得更加稠密了。我和父亲走到那口小井旁，父亲简单向我交代了几句，合上了电闸，水泵轰隆隆地响了起来，水哗哗地从泵口喷涌而出。父亲急忙走向远处我家的麦地，我在小井附近的一块石头上坐了下来，那块石头已被几代人磨圆了。我的任务很简单，只要在电压不稳时将水泵的电闸拉掉即可，整夜只做这一件事情。

小井与我家麦田之间隔了很远的一段距离，声音无法传过去。父亲的手电筒偶尔会向着我头上的天空长亮一下，我也马上用手电筒长时间地照向他头上的天空，这是我们约定好的暗语。其余大部分的时间，我们都处在同一片黑暗中。

远处的村庄隐藏进了一片寂静中，狗都懒得叫一声。寒气开始从地底钻出，钻过我的脚，想要侵入我还未长成的身体。我不能整夜坐在一块石头上一动不动，那样寒冷会钻进我身上的每一个骨缝，一直潜伏许多年。我急忙站起身，打亮手电筒，弯着腰使劲跺了几下脚，没有脚步声——它被井口喷涌出来的水声覆盖了——我好像跺在了一团空气上。

我开始在小井的周围走动，借此获取一些热量。田野里的昆虫都冬眠了，过了今晚，我和父亲也不会再来这片麦地了，它将独自被冰封在一个冬天里，等待春天的来临。

不知过了多久，雾气突然漫天遍野地升了起来，手电筒的光柱再也到达不了远处，我与父亲的联系中断了。我的世界一下子缩小成光柱所及的范围，层层叠叠的灰白色雾气在光柱内缓缓弥散。整个田野只剩下哗哗的流水声。我举着手电筒，四处转身，好像处在一个可怕的梦境中。

恐惧使我再也无法静止，我便沿水流的方向，向着我家的麦田快步走去。从井口涌出的水声在我的身后越来越小，迎面而来的雾气在手电筒的光柱内发出类似流沙一样的沙沙声。我冲开雾气，雾气又在我的身后迅速合围，将我刚才所处的空间占据。

我似乎走了很远，直到父亲突然出现在我的光柱内，才一下子放缓了脚步。父亲像雕塑一般抱着铁锨蹲在那里，头低低地垂着。他看到我后马上站了起来，胡乱在地上铲了几锨，将一整晚的事情潦草地收尾。天似乎就在那一刻亮了起来，雾气一瞬间消失了，远处村庄的轮廓慢慢地再一次显现出来。我们一前一后，拖着沉重的脚步向村庄走去，逐渐走进了一片鸡鸣中。村庄醒来了，我们却需要一个好觉。在夜晚丢失的睡眠，将在白天的一个梦里找回。

那年冬天，一场大雪在一个夜晚悄无声息地铺满了田野和村庄。一大早，我走出屋门，发现大雪已经压断了树枝，地面的积雪已经高过了门槛。父亲走进院子，揣着手，面露喜色。他已经在田野里转悠一早上了，浑身散发着寒气。

都说“冬天麦盖三层被，来年枕着馒头睡”，第二年，我家果然大丰收了，麦子晒满了整个屋顶。微风一吹，整个院子成天飘着新麦的香味，那种味道一直在我的记忆里飘了许多年。

好奇心是智慧的火焰，永远照亮着探索者的道路。

极致的好奇

□[美]V. S. 拉马钱德兰　杨晨晨/译

科学家最重要的品质是什么？人们通常认为是“好奇心”。在我看来，仅有好奇心还不够，这种好奇心要无比强烈才行。那么，我们内心的渴望来自何处呢？尽管这是一种与生俱来的特质，但从某种程度上说，它与我们早期的人生经历有着极为密切的关系。

在这方面，我非常幸运。小学一至四年级，我在泰国曼谷的一所英国学校上学。学校有两位非常出色的科学教师，她们会给我发一些化学品，让我带回家做实验。家中的叔伯们都对科学研究很感兴趣。我弟弟拉维则十分热爱文学，我耳濡目染，受益良多。事实上，科学与文学的相似之处，远远超出我们的想象。

父母也帮了我许多，他们不断鞭策我力争上游。母亲知道我对科学很感兴趣之后，就从世界各地为我搜集了贝壳和其他动物标本。我11岁时，父亲就给我买了一台研究用的显微镜。更重要的是，他们向我灌输了两个看似矛盾的概念：第一，我是天选之子，卓尔不凡；第二，我还不够优秀。

人们经常问我为什么会对大脑研究产生兴趣。追溯个人学术的发展历程绝非易事，我先谈一谈我个人的兴趣爱好吧，有的是专业兴趣，有的则只是业余爱好。

我热爱考古学，甚至尝试破译过印度河流域的文字。我也热爱人类学与民族学，对古生物学则是沉迷其中无法自拔。我还十分热爱无机化学，经常把不同的化学物混合在一起，观察它们之间的化学反应。我也十分热爱植物学，我曾向捕蝇草“口”中投入各种糖与氨基酸，目的是观察究竟哪些物质会触发它合拢叶片并分泌消化酶。

不可否认，当代科学确实取得了显著成就，但为何我和部分研究者一样，更向往维多利亚时代的科学氛围呢？这里我想谈谈其中的原因。我缺乏使用高科技设备的耐心，这可能是其中一个原因。如今，研究方法和技术才是至关重要的，而要解决什么问题是其次的。我认为，现代科学过度依赖高科技设备，导致科学界极度缺乏进取、冒险的精神，即科学精神。

爱迪生曾说：“天才是百分之一的灵感加上百分之九十九的汗水。”我不以为然。我有时甚至怀疑，科学发现的重要性和影响力与投入的时间、精力成反比。当然，这句话并非百分之百正确。21世纪的重大生物学发现——基因结构，是沃森和克里克在不到半年的时间里完成的，所用的材料不过是一些铁丝和塑料碎片而已。不可否认，重大科学发现通常是厚积薄发的结果。但我们要记住一点，相对来说，重大或本质的科学问题，并不一定需要投入大量的时间和精力；而那些无足轻重的问题，也不一定就能轻而易举地解决。因此，我们最好还是把时间用在“刀刃”上。

科学技术固然重要，思维能力也不容忽视。显微镜和望远镜当然是探索科学所必不可少的工具，气泡室和计算机就更不必说了。但是，观看仪器的那双眼睛同样重要。伽利略并非首个透过望远镜观察物体的人，但他是首个利用望远镜观察天体而不是陆地上物体的人，这一选择改变了一切。

处于起步阶段的科学是最有意思的，研究人员总是兴致勃勃。然而，对很多已经取得丰硕成果的科学领域来说，研究的乐趣已所剩无几。于是，我开始被行为神经学吸引。在这个学科里，你可以就基本原理提出一些幼稚的、学生可能会问的简单问题，但足以令专家哑口无言。你也可以像法拉第一样，仅用几步简单的操作，就能得出意想不到的结果，并产生深远的影响。我选择研究神经学的另一个原因是好奇心。生而为人，我们对自己的好奇程度远超其他，而行为神经学恰好可以回答“我是谁”这一核心问题。

科学研究领域的人大多渴望功成名就，我也不例外。但至少从目前来说，这并不是我的主要追求，因为我可以确定两点：第一，科学研究带给我的乐趣远远超出我的预期。第二，我在知觉心理学和神经学领域进行了大量实验，这些实验至少对我同事的思维产生了有益的影响。这就够了。归根结底，当你回首一生时，只有两个问题是重要的：我为这个世界带来了哪些影响？我乐在其中吗？

习惯是一种顽强而巨大的力量，它可以主宰人的一生。

当你有了改变生活的想法

□邓　笛/编译

人类的行为往往是相互联系的。

一个名叫詹妮弗·杜克斯·李的女士对此深有体会。她在40岁之前从未整理过自己的床铺，然而某一天，她决定以后每天整理床铺。这似乎是一个微不足道的行为。到了第四天，整理好床铺后，她还把散放在卧室里的几件衣服叠好放进了衣柜，又将水槽里的几个脏盘子洗干净，将碗柜重新收拾了一下，把一个陶瓷猪放在厨房操作台上作为装饰。她说："我觉得自己开始成了一个真正的成年人，有整洁的床、干净的水槽、干净的碗柜，还有一个装饰用的陶瓷猪。我有焕然一新的感觉，某种潜能似乎正在最大化地释放出来。"

一个人改变一种生活习惯，必然会引发连锁反应，带来更多的行为改变。一项研究发现，当人们减少每天闲坐的时间，脂肪摄入量也会随之减少。相反，那些每天花很多时间坐在沙发上看电视的人，往往在不知不觉中吃了更多的食物。

就我而言，在坚持每天运动锻炼的那些日子里，自己在学习中变得更加专注了，睡眠也更好了，尽管我没有制订过改善学习与睡眠的具体计划。好的生活从培养好的习惯开始，同样，坏的生活也从养成不良习惯开始。

一位教授说：“你永远不能仅仅改变一种行为，因为我们的行为是相互联系的，当你改变了一种行为，其他的行为也会发生变化。”这一现象在罗伯特·夏尔迪尼的经典著作《人类行为的影响》中得到了详尽的解释，其核心思想是，如果人们致力于一个想法或目标，即使迈出了很小的一步，也可能带来很大的变化，因为后续行为总是要与改变的第一步相一致。

当詹妮弗·杜克斯·李开始每天整理床铺时，她对“我要让家里保持整洁有序”的想法做出了一个小小的行动。几天后，她在家里的其他地方做了与她的第一个行动相一致的事情，她的新想法虽然与过去的表现完全不一样，但并非不能实现，前提是要有所行动。

因此，当你有了改变生活的想法之后，试着从小到大，从易到难，付诸实践。不要轻视“小”，从小处着手了，整个想法就有了实现的可能；也不要小瞧“易”，容易的地方做到了，困难的地方则会迎刃而解。

成长·洞见

更好地打破常规才能赢

通向成功的路似乎有很多条，但并非每条道路都是捷径，甚至有些根本抵达不了终点。对此，我们该怎么选呢？

运用“第一性原理”往往很有成效。

第一性原理，简单来说，就是我们做事时不要被表面现象和已有框架束缚住，而要去寻找事物最本质、最基础的真相，从零开始重新思考。这听起来复杂，其实并不难。

比如，所谓交通，就是把人或物通过交通轨道，从一个地方转移到另一个地方。既然都要修交通轨道，我们为什么不能用真空管道，让交通工具在其中以更快的速度运行呢？这就构建了一种新的交通工具。运用第一性原理的要义，不仅是打破常规，也是围绕事物的核心做文章。

再比如，学外语，很多人觉得必须背单词、记语法。但“第一性原理”会问：语言的本质是什么？是不是用来交流的工具？于是，你应该选择“输入和输出相结合”的方法学外语，比如看剧、和外国人聊天，而不是死磕课本。

沟通是一门艺术，需要用心去表达，用心去倾听。

“课题分离”帮你厘清人际关系

□周小烦

你是否很害怕拒绝别人的请求，甚至会因拒绝别人而产生愧疚心理？你是否经常受身边人的坏情绪影响，自己也变得心情不好？你是否总是在开口麻烦别人前犹豫再三，生怕自己提出的请求太过分了？

要摆脱这些不够健康的心理状态，你需要学会“课题分离”。

分清楚这是谁的事

“课题分离”理论由奥地利心理学家阿尔弗雷德·阿德勒提出，他认为，要解决人际关系的问题，首先要区分什么是你的课题，什么是我的课题。通过划分责任，减少自己对他人课题的过度承担，从而使我们在处理矛盾冲突时，能够更理性，并最终建立起自己与他人的边界。

具体应该怎么去区分一件事究竟是谁的事呢？方法非常简单，你只需要考虑一下：某种选择所带来的后果最终要由谁来承担。比如，你上学迟到了，老师要惩罚你，最终的惩罚结果是由你承担的，那么这就是你的事，你不应该把责任推到老师或父母头上。

再比如，在读书这件事上，怎么把问题弄懂，拿到好成绩，是你的课题；为你提供受教育的机会，创造良好的学习环境，则是父母的课题。

分清了一件事是谁的课题之后，再进行“课题分离”就容易多了。

“课题分离”的最终目的，就是让我们为自己的课题负责。同时，我们要给予他人空间，不去轻易插手他人的课题。

比如，有些人在人际交往中是付出型的，当付出许多却得不到回报时，就会变得郁郁寡欢。如果引入“课题分离”概念来看这种情况——你付出是你的课题，对方是否应该回报你、回报多少，是对方的课题。我们只能解决属于自己的课题。

“课题分离”不等于冷漠放任

你可能会因此感到疑惑：这样一来，大家会不会都变得很自私呢？“课题分离”会不会导致“各人自扫门前雪”式的冷漠、疏远，使人际关系陷入危机？

其实，“课题分离”不等于冷漠放任。它首先明确了一件事的责任归属，但“事不关己，高高挂起”的处理态度并非最优解。“课题分离”的下一步就是要主动做出最佳选择——尽全力恰当、合理地解决问题才是最终目的。

比如，在日常学习中，你总是因为达不到父母和老师的高标准而被批评。几次之后，你开始怀疑自己的能力，害怕考试，成绩也越来越差，形成了一种恶性循环。你应该如何打破这种恶性循环呢？

在这种情况下，你和父母、老师相互作用，大家都有各自的课题。你们需要共同努力，一起协商，找出最优解。比如，你的课题是明知道目标设置得不合理，就不要硬着头皮做，而是应该想办法和他们沟通，及时调整他们对你的预期。而父母和老师的课题是，如何根据实际情况不断调整对你的预期。只有合理沟通，达成一个大家都认可的目标，改善当下的循环模式，才真正对你的成绩有帮助。

有位同学咨询如何处理自己和室友的矛盾：室友喜欢一天24小时都开着空调，不肯开窗通风。总开空调，电费会很高，该怎么跟室友沟通才能妥善解决？

这里的主体有“我”和室友两个人，室友开空调时间太长导致电量消耗大，增加了电费开支，而电费是双方都要承担的。“我”比较在意电费的支出，那就需要先做自己可以做的：想办法和室友沟通，说明理由（这个季节不需要整天开着空调）、方案（晚上可以定时开关）、实例（其他寝室的情况），说服室友。

总之，“课题分离”的本质是控制可控的部分，并接纳不可控的部分。如此一来，开头所描述的几个场景带来的问题，就可以迎刃而解了。比如，害怕麻烦别人、害怕被拒绝，因此变得瞻前顾后，结合“课题分离”理论，解决办法就是：在开口请他人帮忙的时候要更加淡定，因为，你尽管开口，但答不答应是别人的事情。

理想是灵魂的食粮，它让人的生活充满动力和希望。

海棠树里的张望

□史铁生

奶奶和一棵老海棠树，在我的记忆里不能分开，好像她们从来就在一起。

老海棠树有两条粗壮的枝丫，弯曲如一把躺椅，小时候我常爬上去，一天一天地就在那儿玩。奶奶在树下喊：“下来，下来吧，你就这么一天到晚待在上头不下来了？”是的，我在那儿看小人书，用弹弓向四处射击，甚至在那儿写作业。“饭也在上头吃吗？”对，在上头吃。奶奶把盛好的饭菜举过头顶，我两腿攀紧树丫，一个海底捞月把碗筷接上来。“觉呢，也在上头睡？”没错。四周是花香，是蜂鸣，春风拂面，是沾衣不染海棠的花雨……

春天，老海棠树摇动满树繁花，摇落一地雪似的花瓣。我记得奶奶坐在树下糊纸袋，不时地冲我叨唠：“就不下来帮帮我？你那小手糊得多快！”我在树上东一句西一句地唱歌。奶奶又说：“我求过你吗？这回活儿紧！”我说：“我爸我妈根本就不想让您糊那破玩意儿，是您自己非要这么累！”奶奶于是不再吭声。

或者夏天，老海棠树枝繁叶茂，奶奶坐在树下的浓荫里，又不知从哪儿找来了补花的活儿，戴着老花镜，埋头于床单或被罩，一针一线地缝。天色暗下来时她冲我喊：“你就不能劳驾去洗洗菜？没见我忙不过来吗？”我跳下树，洗菜，胡乱一洗了事。奶奶生气了：“你们上班上学，就是这么糊弄？”奶奶把手里的活儿推开，一边重新洗菜一边说：“我就一辈子得给你们做饭？就不能有我自己的工作？”这回是我

不再吭声。

有年秋天，老海棠树照旧果实累累，落叶纷纷。那时我大些了，在外工作，从陕北回来看她，奶奶已经腰弯背驼。早晨，天还昏暗，奶奶就起来去扫院子，“唰啦唰啦”的声音把我惊醒，我赶紧跑出去说：“您歇着吧，我来，保证用不了三分钟。”可这回奶奶不要我帮：“你刚回来，去歇息着吧。”

冬天，窗外，风中，老海棠树枯干的枝条敲打着屋檐，摩擦着窗棂。奶奶常常在灯下学习。她曾经读一本《扫盲识字课本》，然后是一字一句地念报纸上的头版新闻。那一回，奶奶举着一张报纸，小心地凑到我跟前：“这一段，你给我说说，到底什么意思？”我看也不看地就回答：“不知道。再说，您学那玩意儿有用吗？”奶奶立刻不语，只是低头盯着那张报纸，半天目光都不移动。我的心一下子收紧，但知已无法弥补。

但在我的印象里，奶奶的目光慢慢地离开那张报纸，离开灯光，离开我，在窗外老海棠树的影子那儿停留一下，继续离开……而在我的梦里，我的祈祷中，老海棠树也便随之轰然飘去，跟随着奶奶，陪伴着她，围拢着她；奶奶坐在满树的繁花中，满地的浓荫里，张望复张望，或不断地要我给她说说“这一段到底是什么意思？”——这形象，逐年地定格成我的思念和我永生的痛悔。

每个人都有梦想，但有的人只是想想，有的人则毅然行动。

风筝与少年

□梁典逸

在一个被温柔春光拥抱的小镇上，住着一个心怀宇宙的少年。他有着一双充满好奇的眼睛，总是能在平凡的日子里发现不平凡的乐趣。春天来临时，小镇的天空仿佛被魔法点亮，五彩斑斓的风筝在蓝天白云间自由翱翔，少年的心也随着那些飞翔的精灵一同飘向远方。

少年的风筝如同一位身披华服的舞者，静静地躺在他的掌心，等待飞翔的序曲。它的骨架由少年亲手挑选的细竹条编织而成，光滑坚韧，仿佛大自然赋予的精灵之骨。这些竹条交织成一个完美对称的图形，既稳定又轻盈，似乎随时能乘风而起。风筝表面是一片彩纸海洋，图案色彩斑斓，有蓝天、白云、彩虹和小动物，拼接得充满层次感和童趣。在阳光下，这些彩纸如星辰般闪烁。风筝尾巴上，那条彩色丝带仿佛彩虹的碎片，随着风轻轻摇曳，为风筝的飞舞增添了一抹亮丽的色彩。

少年手中的风筝线，则是一条细长而坚韧的纽带，连接着少年与风筝之间的情感与梦想。这条线由优质棉线编织，柔软却有韧性，能够承受风筝在空中面临的挑战。少年小心翼翼地握住线，害怕一不小心就会失去对风筝的控制。风筝线成了他心中的烦恼，他既希望风筝飞得更高，又害怕失去它。

有一天，少年在小镇边缘发现了一片荒地，那里蓝天无际、野花摇曳。他兴奋地带着风筝来到这里，放飞了它。风筝随风升高，少年跑动着放线，直至风筝几乎看不见。他紧握线轴，调整风筝的角度，时而拉紧，时而放松，仿佛在与天空对话。而风筝也似乎感受到了少年的心意，在空中翩翩起舞，不时回头望向少年，彩带在空中画出绚丽的轨迹。

突然，一阵强风吹过，风筝猛地一挣，似乎要挣脱束缚。少年紧握线轴，内心紧张，但此时，一个坚定的声音在他心底响起：“少年，别怕，风筝是不会离开你的。”他顿悟，轻轻放开了线轴。风筝盘旋几圈，穿过云层，消失在蓝天的尽头。少年望着远去的风筝，心中既有不舍也有释然。他明白，真正的自由不在于无拘无束，而在于内心的选择与坚持。

此后，少年依然每天去放风筝，但他不再执着于风筝飞得多高多远，而是享受与风筝共舞的过程。他学会通过风筝线感知风的方向与力量，寻找风筝与风之间的平衡，珍惜每一刻与风筝相伴的时光。

随着时间的推移，少年变得更加勇敢、自信。他不再害怕未知的挑战，学会了用智慧与勇气解决问题，并明白了什么是责任与担当。他帮助邻居，积极参与学校活动，用零花钱为流浪动物建造避风港。

这一切都源自那个春天关于风筝线的故事。少年明白，真正的自由在于内心的选择，陪伴在他身边的人和物，都是他生命中最宝贵的财富。那只飞向蓝天的风筝虽已不在，但永远留在他的心中，成为他成长中的最美风景。

每到春天，少年都会带着新的风筝来到那片荒地上，默默祝福它飞得更高更远。他也会像风筝一样，勇敢追逐梦想，成为更加优秀的自己。

尊重别人，才能被别人尊重。

尊重每一扇门

□周海亮

一个少年在山野中迷了路，又饥又渴，他看到一栋木屋，一圈篱笆将木屋环绕。那些篱笆是如此之矮，仅仅到少年的膝盖。篱笆里面，一位老人正躺在藤椅上休息。他的旁边有一口水井，少年几乎闻到了井水的清冽与甘甜。

少年欣喜若狂，奔向木屋。他从篱笆上跳过去，来到老人面前。“老爷爷，”他说，“您能不能给我一碗水喝？”

老人扫了他一眼。“当然可以，孩子，”老人说，“不过你不应该从篱笆上跳过来，篱笆是我的墙，你怎么能够翻墙而入呢？你应该走那扇门。”

老人的手指向篱笆一角，那里有一扇几乎看不出来是门的门。门由细竹片编扎而成，与围的篱笆混为一体。那扇门与篱笆同样低矮简陋，仅仅及膝。少年撇撇嘴，退回去。这一次他从门的位置跨进来，他的腿轻轻一抬，篱笆门就被他抛到了身后。

“老爷爷，我想喝碗水。”少年第二次对躺在椅子上的老人说。

“你又一次犯了错误，”老人说，“你不应该从门上跨过来……”

“可是，它只有那么矮啊……”

“即便如此，它也是一扇门。”

少年只好第二次退回去。他弯下身子，轻轻将门推开。他认为自己表现得非常有礼貌。“老爷爷，”他说，“这一次，您可以给我一碗水吗？”

老人摇摇头。“小伙子，你又犯了一个错误，”老人说，“你应该敲门的。你想到我家里来，难道不经过我的允许吗？”

少年有点急了。可是他看看老人，只得第三次退回去。他轻轻敲响那扇几乎不能够发出声音的篱笆门，问：“我可以进来吗？”

老人笑了，起身，为少年打了一桶井水。那井水果真甘甜清洌，少年一连喝下三大碗。

“你可能会对我有些成见，”送走少年时，老人语重心长地说，“可是孩子，你应该记住，再简陋的墙，也是墙；再简陋的屋子，也是屋子；再简陋的门，也是门。‘风可以进，雨可以进，国王不可以进。’你听说过这句谚语吗？”少年摇摇头。

“你没有听说过没有关系，”老人笑着说，“不过你该永远记住：世上的每一扇门，不管如何雄伟或者如何简陋，不管如何坚不可摧或者如何不堪一击，都是令人尊重的。它所代表和保护的，是一处私人的空间，我们必须学会尊重它们。”

的确如此。事实上，尊重每一扇门，不仅是尊重他人，也是在尊重自己。

成长·洞见

相信科学的正确方法

什么是科学？不少人对它存在误解。

很多人强调要“相信科学”，但科学最核心的观念之一恰是“不要迷信”。我们可能会以为，科学对所有问题都有“确定无疑”的答案，殊不知科学的特点之一，恰是强调“不确定”。所以，诸多研究者一再指出：科学不是关于真理的，它是关于怀疑的；科学不是关于确定性的，而是关于不确定性的。

不过，科学除了有不确定性，还有可验证性。经过反复验证后的结论，就暂时是确定的、可信的。也就是说，科学的不确定性与在一段时间和一定范围内的确定性是并驾齐驱的。

对于科学的态度，应当相信与质疑并存。因此，我们可以质疑爱因斯坦的相对论，历史上也确实有人这么做。但在这些人的学说得到验证之前，我们还是应该相信爱因斯坦，因为到目前为止，相对论经受住了几乎所有的考验。即便以后有新的理论可以取代爱因斯坦的学说，但在特定条件下，爱因斯坦的理论依然适用。

关注脚下，更要目视前方。

直视目标

□潘台成

一位父亲和儿子在雪地里行走。父亲指着远处那棵大树，对儿子说："我们来一场比赛吧！不比谁先跑到那棵树前，而是看谁在雪地上能跑出最直的线。"

听了父亲的话，儿子很高兴，心想：如果比速度，肯定是父亲赢，而比谁能跑出直线，那就不一定了。因此，他小心地向前跑，不断地注视自己的双脚，总是将一只脚落到另一只脚正前方，确认能形成一条直线后，他才接着跑。他好不容易跑到大树旁，却看见父亲已经到了，他并不觉得意外，可当他看到父亲跑出来的路线比自己的还直时，很吃惊。父亲说："要跑出一条直线，最有效的方法不是看脚下，而是注视前方的目标。只要眼睛始终直视大树，就能跑成一条直线。"

在生活中，我们是不是也会遇到同样的情形？有时，你必须小心地注视自己的脚下，可很多时候，你应该知道自己要去哪里。

我们以为懂的东西，可能只是一知半解。

知识在远方还是脚下

□佚　名

一位著名作家曾在作品中说："所有已知的背后都埋伏着一连串恼人的、难以回答的问题。比如，你看到一张梅花的照片，你可以说这是梅花。可是我如果反问你梅花是什么，你可能就哑口无言了。承认自己已知的贫乏，是认知重塑的起点。"

这段话说得好。我们通常都以为，知识在已知之外，我们不懂的东西才是我们要学的东西。其实不然，知识就在已知的下面。跟家里的小孩对话的时候，你会强烈地感受到这一点，比如什么是神仙、什么是自由、什么是权利、什么是玻璃、什么是钢铁……我们自以为懂的东西，只要往下面深究一层，就会发现全是黑洞洞的未知。

良好的生活，其实用不到太多边界之外的知识。我们缺的是什么？通常是对脚下的深入理解。

骄傲往往是无知的表现。

胜我者更多

□唐宝民

陆游在他的《老学庵笔记》中，记载过这样一件事：宋徽宗时，肃王赵枢和沈元用一起出使金国，寄住在燕山的愍忠寺。空闲时间无事可做，两人便一同游览寺院，偶然看见一块唐朝的碑刻，文辞非常优美，共有三千多字。沈元用平日记忆力很强，于是将碑看了几遍，边走边记诵。肃王一边听着一边走，好像不很在意的样子。

沈元用喜欢夸耀自己的才能，回到住处，便当着众人的面拿起纸笔，打算默写出石碑上的那篇文章，记不起来的地方就空着，一共空缺了十四字。沈元用写完，极其夸张地把笔放到桌上，摆出一副得意扬扬的样子。沈元用默写的时候，肃王赵枢正同别人聊天，见沈元用写完了，就拿起纸看了一遍，并提笔将缺字补了出来，没有一处遗漏，另外还将沈元用记错的四五个地方修正了一下，这才将笔轻轻放下，转过头来继续和别人谈论事情，一点骄傲的神色都没有。见此情形，沈元用既惭愧又佩服。

陆游不禁感慨："'休夸我能胜人，胜如我者更多'，这话确实不假。"

自我说服有时只是另一种形式的固执己见。

缺陷还是偏好

□佚　名

我们经常讲到两个词，一个是羞涩，一个是内向。请问：它们是一回事吗？答案是二者是有区别的。羞涩，是对可能遭受的羞辱产生的恐惧。而内向，则是一种对平和环境的偏好。一个被动，一个主动；一个是能力缺陷，一个是价值偏好。二者不一样，但是大家经常搞混。这个区别挺重要。因为我们得知道什么是可以改变的，什么是可以顺其自然的。比如，我不爱穿得特别精致，就爱穿得随意一点，那就得搞清楚到底是为什么。如果这是我的价值偏好，那说明我根本不在乎别人怎么看我的穿着，这就无可厚非。但如果我特别渴望得到别人在穿着方面的认可，就是没法约束自己，怕麻烦，没审美，所以穿得乱七八糟，那就是能力问题，那就得改。

把能力缺陷解释为价值偏好，这是我们经常骗自己的一种手段。

无论你的目标有多远大，终须以极大的耐心从基础起步。

从听和看开始

□陈志宇

有位年轻人想做木匠，拜在了镇上一位名匠门下。名匠一生做出无数精品木具，美观又实用，声名远及市镇之外。人们都认为年轻人拜在他门下，学成之后，立业养家必不成问题。

可过了两个月，年轻人便离名匠而去。有人问他为何，他说，名匠根本不教他真本事，每日让他看其做工，处理杂活，偶尔让他做两个无关紧要的小物件，还总是说让他好好看，认真听，却一点不教手上的真功夫。他说：“有一天我偷偷用了块好木头，做了个四不像出来，被他骂得狗血淋头，说我糟蹋木头。我只是想尽快学会手艺，我有什么错？”

有人又跑去问名匠，名匠摇摇头说：“当木匠需要很大的耐心，听、看和手上的活同样重要，急于求成，终难成事。”

这不禁让我想起早些年在家乡遇见的两位艺术家：一位音乐家，一位画家。当时正处于夏末秋凉时节，我因母亲生病，休了假回乡照顾母亲。

老家地处北方平原，没有名山秀水，但有一处密林在村子边缘，每到夏季，蝉鸣、鸟叫、虫吟，交响合奏，不绝于耳；有一河道，穿村而流，蜿蜒曲折，周边草木丰美。这两处景色，让小村颇有一些“水满田畴稻叶齐，日光穿树晓烟低”的古诗韵味，因此常常吸引一些艺术家来此写生。

我这个人爱玩，好奇心重。一日安顿好母亲，便在村里四处溜达。恰好碰见音乐家正用一根长杆举着话筒，在树林里收集大自然的声音，他的画家朋友在左后方的河边，架着画板，目视前方。

寒暄一阵后，我问道：“您收集的这些声音，杂乱无章，怎么把它们运用到您的音乐里呢？况且，大自然的声音不比人声乐器，应该不太好调和搭配吧？”音乐家摘掉耳机说：“确实，自然界的声音美妙却也随性，想要巧妙融合在音乐里，需要费一番功夫。”

他指了指一只在树枝间边跳边叫的鸟儿说：“你听，跳跃中鸟儿的鸣叫和静止时鸟儿的鸣叫，声音有着细微差别。现在是中午时分，如果是早上，鸟儿声音比现在要清亮、欢快。”

他拍了拍耳机：“我只需要用心去听，先听到声音的不同，再去筛选决定怎么把它们融入音乐。如果听得不认真，我是没法深入思考的。我那位画家朋友也是一样，他要先用心去看。你一会儿可以去看看他的画作，初秋的河流怎么展现，往往都来自他对河流环境细微变化的观察。”

我扭头看了看画家，他正凝神朝着河流细看。“艺术看起来玄妙，其实和大多数事情一样，都是从用心听和用心看开始的。我们这脑袋里的东西、手上的活，都得由此发力，光聪明可干不了这行。”画家说。

我走到画家身边，他笔下初秋的河流正缓缓形成，他用周边草木换季时的细小转变，映衬出秋色初临的意境。没有前面的细心观察，断然展现不出这份功力。

其实，世上的道理就是这么简单，学习做事，功成之路，皆从用心听和看开始。那位年轻人想一步登天，殊不知，失去了听和看的耐心，恐怕会一事无成。

种下希望，收获时光的回响，每粒种子都能唱响生命的歌。

在秋天想起种子

□高明昌

在这个秋天，我想起种子，想起与种子有关的事。

很小的时候，我见过爷爷选稻种。那日，爷爷受队长之邀，去了一块稻田。稻田是看不到边的。那些沉甸甸的稻穗在阳光的照耀下，闪着金光，安静生长。爷爷走进稻田，弯腰看了看稻穗，双手捧起稻穗掂了掂轻重，再将稻穗放到鼻子底下，闭眼，像是吸了几下。最后，他睁开眼睛，侧身对队长说，这稻，留种好。

选稻种，是为留种，是盼望明年丰收。那是我第一次看到选稻种。

除此之外，我见到的都是菜园里的选种。我们家菜园种得最多的是青菜。青菜，先播种再插种，生长快，也容易管理。在那忙碌而又不富庶的年代，青菜的用场最大，可以炒着吃，可以腌咸菜吃，也可以烧菜饭吃。肚子饿了，可以拿一块菜板一边嚼着，一边赶路出工去，也能饱肚子。

初冬的天气里，当我们把一棵棵青菜挑回家的时候，母亲总会在菜园里留着几棵样子好看的青菜。等它们长高、长粗、起蕻、开花、结籽，然后起根、去泥，放进竹匾里晒几个日头，再抖落青菜。那时，一颗颗晶莹的、像六神丸一样大小的种子就会一粒粒跑出来。母亲将这些种子推拢在一起，再用白纸包起来，然后对我说，快，写上名字。我就在包好的白纸上用钢笔郑重写上：青菜种子。

我至今没有忘记母亲看我写“青菜种子”四个字的那种眼神。那眼神里充满了母亲自得的快乐。儿子会写字，长大了；儿子知道了什么是种子，知道了种子将来派什么用场。当母亲接过那个纸包，把种子放进瓷罐时，她的手脚都是缓慢的，也是轻盈的。我想这是母亲对种子现在的敬重和对将来的期待。

我和母亲一起落过种子。那是蚕豆的种子。蚕豆种子与青菜种子的收获方式不一样。来不及吃完的蚕豆，母亲将它们拿到场地上，晒上好几天太阳，不少蚕豆就自己从豆荚里蹦了出来，用连枷敲打几下，再用手上下抖落，更多的蚕豆就像滚珠儿跑了出来。母亲将蚕豆收齐。晚上，昏黄的灯光下，母亲说，我们挑一些长得大的、长得周正的、颜色碧绿的留下，它们是种子。

种蚕豆时，母亲用铁铲在地上铲出一个小洞，我把蚕豆丢进去，母亲再将泥土重新盖上，用脚轻轻一踏，然后对我说，你做好作业以后，常来看看。大概过了一个星期，我就看见蚕豆的苗儿长了出来。它们非常矮小，却碧绿生青，周身都是嫩绿的气味。一粒蚕豆变成了一棵青苗，植物的生长如此奇妙。这种生命现象于我而言，有着无限的隐喻和启迪，虽然我那时说不清楚。

我有时会瞎想，如果人也像一粒种子，应该也是一件好事情。

有要去的地方，常常就能抵达。

乌龟和它的护卫队

□[加拿大]德博拉·格罗斯　西　风/译

我没想到，一个平常的下午，随着一阵门铃声，就能开启一段神奇的时光。

按响门铃的是一个邻居，她建议我关上车库门，因为我家的车道上停着一只大乌龟。我和儿子都瞪大了眼睛往外面看。真的呀！一种已经在地球生存了几千万年的爬行动物正在我家车道上休息。

根据观察到的情况判断，乌龟是从我家北边的一个湖泊出发，然后翻越一座大山，穿过一条繁忙的大街，又顺着一条小街，才来到我家的车道上。我们猜测，它是要去我们小区南面的湖泊，然而在途中，它听到我家前院花园里人工池塘的水流声，便临时起意，决定做一番考察。

我们好奇地跟着乌龟，只见它骄傲地昂着头，慢悠悠地向前爬。它的脚步很稳，每一步都显示出决心。它在我家花园的一处凉爽树荫里停了下来，侧着耳听了听。在确定我家小花园池塘不是目的地之后，它又继续旅行，朝南面那个湖泊的方向前进。

乌龟离开了我家的花园，沿着人行道爬行，它的身后聚拢了越来越多看热闹的孩子。它缓慢而稳定地向前走着，显示出惊人的力量和决心。

我打开手机，从网上搜索每年这个时候乌龟的迁徙是否正常。我搜索的结果是，乌龟在8月迁徙不是常见的现象。但是，乌龟总是凭着本能去它的下一个目的地。所以，这只乌龟选择这个时候迁徙，肯定有它的道理，也一定是凭着本能做出的决定。它知道要去哪里，也知道要走的路线。

所以，在接下来的两个小时里，我成了一个拿着扫帚的“护卫队长”，让孩子与乌龟保持安全距离，并叫一个孩子取了一罐水，时不时给它浇水，以让其身体保持湿润。这段旅程一定使它缺水了，这对它来说可不是一件好事。最重要的是，我不能让人挡着它的道，否则它会很紧张，把头缩在壳里，不肯迈步。

一路上，孩子了解到，乌龟的爪子长长的，约5厘米。乌龟被激怒时，会发出嗞嗞的声音，或者张开嘴向前冲。它在人行道上发出的声音比狗发出的声音还要大，孩子对这只奇妙的动物感到惊奇和敬畏。无论是孩子还是大人，都很尊重它，尽量不打扰它，与它保持一段距离。

然而，在快要接近目的地的时候，乌龟选择了一条难走的路线。这里有一处山坡挡在前面，山坡上长着茂密的草，人在上面行走很不安全，而我们又不放心乌龟在烈日之下只身前往，因为它的身体必须保持湿润，没有人陪伴，谁给它浇水呢？虽然我们应该相信乌龟的能力，也应该遵循大自然的法则，可是谁让它与我们有缘呢？谁又让我们爱上它了呢？因此，我们决定把它装进一个箱子，然后把它带到湖泊那儿。

乌龟显然不喜欢这个箱子，对着箱子发出嗞嗞的声音，还对着箱子的侧面咬了一口，这一口咬得又重又狠，给围观的孩子留下了深刻的印象。我不停地用扫帚引诱它，试图让它钻进箱子。它终于恼羞成怒，突然朝扫帚扑了过来，于是就上当进了箱子。

四个孩子抬着箱子从一条好走的路跑到湖泊边，其他人也跟着跑了过来。当流水声依稀可闻时，乌龟开始激动起来。孩子们放下箱子，乌龟迫不及待地爬了出来。它十分明白自己要去哪里，以快到超过我们认知的速度向湖泊的方向爬去。不一会儿，奇迹发生了！乌龟辛苦地走了两个多小时后，一头扎进湖泊，来到了它想要去的地方。

孩子们发出了欢呼声，他们自发组织的护送乌龟的任务完成了。当他们往回走的时候，还在喋喋不休地谈论着这次美妙的经历，后悔没有及时给这只乌龟取一个好听的名字。在短短的两个多小时内，他们的心被乌龟这种神奇的动物俘获了。当假期结束，回到学校，他们一定会向同学讲述他们看到的乌龟冒险之旅。

那么，我呢？我看到了这辈子的人生旅程。我们应该始终向前迈进，我们心中一定有要去的地方，遵循本能，就一定能够抵达；一路上，我们可能不是孤独的，会遇到善意的引导，只要我们乐于接受，旅程就一定更加顺利。

黑夜给了我们黑色的眼睛，我们却可以用它寻找光明。

梨的故事

□罗　翔

历史上有三个关于梨的故事。

第一个故事是大家非常熟悉的“孔融让梨”，但这让我感觉不真实。

第二个故事是“奥古斯丁偷梨”。古罗马著名思想家奥古斯丁说自己小时候曾和小伙伴们一起偷梨，他的动机不是吃，因为大多数梨都喂猪了。他只是想享受一下偷梨的感觉。很多时候，人们之所以犯罪，不是为了利益，而只是为了追求犯罪的快感。明知是错的，依然选择错误。

第三个故事可能大家会稍微陌生一些。《元史·许衡传》里有一段记载，许衡做官之前，一年夏天外出，感觉口渴难耐，刚好道旁有棵梨树，众人争相摘梨解渴，唯独许衡不为所动。有人问他为何不摘，他回答：“不是自己的梨，岂能乱摘！”那人劝解道：“乱世之时，这梨是没有主人的。”许衡正色道：“梨无主人，难道我心中也无主吗？”最终他也没有摘梨。

奥古斯丁偷梨的故事让我审视内心的幽暗，许衡拒绝偷梨的故事让我向往拒绝幽暗的光明。也许人生就是不断在幽暗与光明中选择。人生最大的痛苦也许就是明知道前路光明、后路幽暗，却无可避免地向黑暗回撤，无力自拔。能拥有拒绝黑暗的力量，义无反顾地朝向光明，可能就是最大的自由和幸福吧。

每一次跌倒都是成长的契机。

学骑自行车的少年

□庞余亮

周末，操场上有一个学骑自行车的黑脸少年，他得意地沿着跑道绕圈转，使劲地按着车铃，丁零丁零——操场上一群觅食的鸡都被吓得飞了起来。

那个骑自行车的少年已在操场上骑了很多圈，越骑越快。他尝试过用一只手扶着车把，后来又尝试不用手扶车把，多炫酷啊！他无疑很快乐，还得意地笑，昂着头环视，估计他在寻找操场上有没有观众。

但好景不长，过了一会儿，他就重重地摔了一跤，半天也没有爬起来。我以为他摔伤了，正要从教学楼的阴影处跑出去察看与搀扶，谁想，他迅速爬了起来，紧张地看了看四周，扶起自行车，扳正车头，用力揿了揿车铃——铃声依旧清脆——又骑了起来。

在冬日的阳光下，少年像一匹刚刚学会长途奔跑的马，浑身镀着一层志得意满的光。

奋斗不是等待风雪过去，而是要学会在其中舞蹈。

深冬已至

□[德]贝恩德·布伦纳　俞洁琼/译

长久以来，人们一直把冬天视作“最糟糕的季节”。直到暖气发明之后，人们对冬天的态度才有所改观。

但冬天也不乏爱慕者，歌德就是其中的代表。他这样写道：“太美了！浓雾凝结成细小的雪花，日光若隐若现，白雪皑皑的景象令人欣喜。”

美国浪漫主义诗人詹姆士·拉塞尔·洛威尔提出了更为惊人的见解：“都说冬天是一年中的睡神，可那又如何呢？我敢说，冬日的美梦比其他任何苏醒着的竞争者的现实还要美丽。”没有什么比大雪更能刺激我们的神经。它每次来，都会像蟋蟀一样搞出些动静，并给世间带来生气。人们吸入的每一口空气都无比清新，所有尘埃都停止了飞舞，流动的血液也变得更加清爽。一股净化后的暖流涌上大脑，从中流过，彻底地清除了其中的一切挫败和感伤。

命运不是一个机遇问题，
而是一个选择问题。

自由的灵魂

□索南才让

草原上的牦牛中总有些公牛不愿待在牛群里，独自走开，漫无目的地流浪，到这个牛群里走一圈，又到一个山谷或河边待几天。它一边反刍，一边把眼睛瞪得大大的，有时候山谷里下大雨，雷电就劈在它身旁，它也一动不动，人从它旁边经过，它都不看一眼。它体型大到一定程度，强壮到一定程度时，就无所畏惧。你走近它时，就能感受到它的气场。

我从小就对这样的公牛非常好奇，想知道它们在想什么，为什么要离开牛群。它们那种很有智慧的样子一直在我脑海中徘徊。

直到有一年的秋天，在牧场，早晨我起来，草原上大雾弥漫，雾散开的时候，我看到草场里的河边有一大团黑乎乎的东西。当时，我很惊讶，什么东西那么大？走近看，发现是一头公牛。它是从山下走上来的，两只前蹄戴着镣铐，就这样一直走。遇到隔离牧场的铁丝网，它就直接用身体扯断，走到河边时，它身上已经挂着很长一段铁丝网，勒在肉里，走不动了。它不是家养的牦牛，而是可可西里的野牦牛。它为什么出现在那里？是因为当时有个给家养牦牛提升品质的项目，它是逃跑的种牛。我当时特别受震撼，这是一个自由的灵魂，被圈养起来当了种牛。但是，它没有繁衍后代的观念，追求自由才是它的本性。

测试：你是哪种类型的学习者

为什么同样是记单词，有的同学读一遍就能牢牢记住，而有的同学即使重复背诵也记不住呢？那是因为学习风格不同。想知道你是哪种类型的学习者吗？快来测一测吧！

开始测试：

1. 背课文时，写下来比读出声更能让你记住。
2. 你可以通过只听歌不看歌词而学会一首新歌。
3. 看剧情缓慢的电影，令你放松。
4. 你擅长分辨各种颜色。
5. 你听到一个不太熟悉的朋友的姓名时，会先想起他的声音。
6. 你常会泡热水澡来消除紧张。
7. 你习惯借由文字或图画来解决问题。
8. 你习惯用谈话的方式来说明事情。
9. 你习惯通过实际动手来学习新事物。
10. 上课时，你需要老师把重点写在黑板上才有印象。
11. 你读书时会受到说话声、噪声或电视声干扰。
12. 长时间和人相处，让你感到精神紧绷。
13. 你习惯将书桌上的物品摆放整齐。
14. 有空时，你会选择听音乐。
15. 你习惯穿宽松舒适的衣服。

视觉区： 1、4、7、10、13
听觉区： 2、5、8、11、14
触觉区： 3、6、9、12、15

视觉型

对这类人来说，凡眼睛所及之处，都有助于学习内容吸收，所以容易分心。多利用环境中的有效视觉信息是重要原则。

学习秘方：

- 可利用各种颜色的笔或标记画重点。
- 读书前应整理书桌，只留必要用具，以免分心。
- 将听到的重点尽快转化成文字或图表。
- 勤动手整理笔记。
- 善用教学录像等视听资源。

个性特点：安静，不爱动。

听觉型

声音对这类人来说特别具有吸引力，但声音可使学习放松，也可造成学习的障碍，制造有利的声音环境是重要原则。

学习秘方：

- 背书时大声朗诵，事半功倍。
- 书房保持安静很重要，若周围环境嘈杂，可用一些无主题的轻音乐来隔离噪声。
- 善用教学录音，或播放影音资料，让耳朵便于吸收。
- 在睡前听教学录音帮助记忆。

个性特点：爱扎堆，语言表达能力强，注意力不集中。

触觉型

凡是环境中的气氛，都会触动这类人敏锐的触觉神经。保持平和稳定、宽敞舒适的空间，多亲自体验是重要原则。

学习秘方：

- 利用各种感官，如嗅觉、味觉、触觉去认识事物。
- 保持读书环境空气流通，光线充足。
- 动手实践效果奇佳。

个性特点：爱动，不守规矩。

第四章

坚持到底，未来才有底

表示惊讶只需一分钟

做出惊人的事业，却要许多年

只有拥有坚定的意志才能实现

不到最后绝不罢休

无论如何都要再试一次

一定会成功的

我还能看到前方的路

必须坚持到底

前方的曙光

只是一次失败而已

画重点

耐心是聪明才智的基础

谁有历经千辛万苦的意志

谁才能到达心仪的目的地

风平浪静锻炼不出伟大的水手。

一只贝

□贾平凹

一只贝，和别的贝一样，常年生活在海里。这些贝嫩嫩的身子就藏在壳里。壳的样子很体面，涨潮的时候，总是高高地浮在潮的上头。有一次，它们被送到海岸边，当海水哗哗落潮以后，被永远地留在了沙滩上，再也没有回去。蚂蚁、虫子立即围拢过来，将它们的软肉吃掉，只剩下两片硬硬的壳。这壳上曾经投映过太阳、月亮、星星，还有海上彩虹的颜色，也曾经显示过浪花、漩涡和潮峰起伏的形状。现在贝的生命结束了，光洁的壳上还留着这些色彩和线条。

孩子们在沙滩上玩耍，发现了好看的贝壳，捡起来，拿花丝线穿着，系在脖子上。但是，这只贝没有被孩子们捡起。它不漂亮，它在海里的时候，就是一只普通的贝。因为有一粒沙子钻进了它的壳内，那是粒十分坚硬的沙子，这只贝无论如何也不能挤碎它，只好受着内在的折磨。它的壳上越来越没有了光泽，没有了图案。它失去了做贝的荣耀，但只能默默忍受着，说不出来。

它被埋在沙里。海水涨了又退，退了又涨，它还在沙滩上。壳已经破烂，很不完整了。孩子们又来到沙滩上玩耍。他们发现了这只瓦砾似的贝壳，用脚踢飞了。但是，在踢开的地方，发现了一颗闪光的东西，他们拿着去见大人。

“这是什么东西？”“这是珍珠！嘿，多稀罕的一颗大珍珠！”“珍珠？这是哪儿来的呢？”“这是沙子钻进贝里，贝用血和肉磨制成的。”“啊！那贝壳呢？”孩子们重新去沙滩寻找它，但没有找到。

生活有各种方式，重要的是过“自己的人生”。

活得真实

□[美]奥赞·瓦罗尔　苏　西/译

1845年，亨利·戴维·梭罗踏上了著名的朝圣之旅：前往马萨诸塞州的瓦尔登湖，住进森林中亲手搭建的小木屋。此次去林中，是“只面对生活中最基本的事实，看我能否学到生活要教给我的事，免得到了弥留之际，才发现我从未真正活过”。

自从读过梭罗的森林朝圣之旅，我就十分艳羡，他的故事令我想起自身经历的匮乏。我是一个城里长大的孩子；我有一双柔软的、没有茧子的、作家的手；我的工伤就是被纸张割破手。如果把我放在瓦尔登湖畔的一座小木屋里，切断电源、自来水和无线网络，我根本就活不下去。但是，读到阿曼达·帕尔默的《请求的艺术》之后，我的态度开始改变。在这本书中，帕尔默披露了梭罗“自力更生”实验背后的一些细节。

原来，梭罗修建的那座小木屋距离他家不到2英里（约3.2千米），并不像书中暗示的那样，处于偏远的森林之中。他几乎每天都回到文明社会，因为康科德城就在附近，走路便可以到达。他定期去好友爱默生家吃晚饭。每个周末，梭罗的母亲都会给

他送来新鲜出炉的糕点。历史学家理查德·扎克斯总结得好——“望周知：那位‘自然之子’会在周末回到家，把家里的曲奇罐子扫荡一空。”

这揭示了一个真相：被我们奉为偶像的人，往往活得没有那么传奇。但这并不意味着他们的建议是错的，只意味着他们也是人，你需要有所保留地对待他们说的话。

“网红”的生活显得那么光鲜亮丽，是因为他们用社交媒体的墙腻子盖住了他们中弹后的弹孔。要是梭罗生活在照片墙的时代，他或许会在亲手盖的小木屋门口自拍几张，但是不会拍下自己大嚼母亲送来的新鲜糕饼的样子。

网络消弭了我们与偶像之间的距离。它允许我们追踪偶像的一举一动，不断提醒我们与偶像的差距有多大。你艳羡的是他们发布在社交媒体上的生活，但那种景象跟他们真正的生活并不一样。事实上，没人会花那么多时间去看印象派画作般的夕阳。

当我们只把别人生活中的零星片段截取出来跟自己的生活做对比时，我们就掉入了陷阱。你想要像她一样富有，可你多半不愿像她一样每周工作80小时；你想要像他一样健硕，可你多半不想要那副酷帅外表背后的严苛饮食与锻炼。与他人竞争时，我们用他人的标准来衡量自己，我们想要跟他人一样——但要比他们更好。结果就是，我们的生活变成了一场痛苦的游戏，任由我们与他人之间的距离来决定我们对自我的感受。

要摆脱我们与别人比较的心态，最好的办法就是“活得真实”。“真实”二字已经被人用到俗滥，意思都快变味了。我所说的“活得真实”，意思是根据你自己的标准过一生，而不是根据其他任何人的标准。

付出不只是一种牺牲，也是另一种形式的收获。

布莱恩的礼物

□[美]科林·塞尔　张春波/译

住在这边乡村的孩子，都不会有太多的朋友，哥哥吉姆和我就是如此。我们俩年龄差不多，因此成了很好的玩伴。但我们一有空，仍会骑自行车到一英里（约1.6千米）以外的邻村，去找一个年纪相仿的孩子一起玩，他叫布莱恩。他的父母都是农民，有一大群哥哥姐姐，还有一个弟弟。

有朋友相伴的夏季过得格外有趣。关于布莱恩的早期记忆，最有趣的是我们六七岁时一起玩垒球的经历。我仍清楚地记得布莱恩像一阵风一样，光着脚在各垒间奔来跑去的情景。当然，我们的友情不局限于夏季，我们上的是同一所学校，并且乘同一辆校车。我不记得是什么时候发现布莱恩患了“肌营养不良症”的，只记得那时我们还在上小学。看着我们曾经那么健康的玩伴一天天衰弱下去，不能再做十分喜欢做的事，我们的心情变得越来越沉重。

上初中第一天的情景令我终生难忘。校车来到布莱恩家门前，我们伤感地望着布莱恩在手和膝盖的支撑下爬上了车。而在上个学期末，他上车时只是有些吃力而已。

随着年龄增长，布莱恩的情况越来越糟，他不得不坐轮椅了。但他绝不让自己被轮椅所束缚。轮椅只是他的腿，而不是他的锁链。他的上肢依然有力，所以父母为他买了一辆机动三轮车，这样他就可以在乡村的小路上来回走动了。

大约13岁时，有一次布莱恩开着那辆三轮车爬上了我家前院的斜坡，这时三轮车突然向后翻了过去。我狂奔到他跟前，边哭着叫人来帮忙，边紧张地想他是否还活着。听到我的尖叫声，我哥哥吉姆也跑了过来。布莱恩双眼紧闭，一动不动。我抽泣着拍打他的脸颊：“布莱恩！你怎么样？”布莱恩睁开眼，憨笑着说：“嗨，把三轮车扶起来，让我坐回去吧！”我哥哥破涕为笑，布莱恩也笑了起来。他喜欢逗大家笑。

渐渐地，布莱恩的手臂也衰弱下来，很显然，他需要另外一种交通工具了。我母亲想到了一个主意，于是，我和哥哥便着手行动起来。我们在咖啡罐上贴上他的名字，并请大家募捐。我们很快就凑到足够的钱，为布莱恩买了一辆高尔夫球车。在其他孩子都已拥有自己的第一辆小汽车时，布莱恩则开着他的高尔夫球车四处走动，不论白天黑夜，不论刮风下雨。

等到我们都上高中的时候，帮布莱恩去学校又成了一个挑战。他已经不能再乘校车了，而且他不断增长的身高和体重，也使他的父母很难再抱动他。于是，我哥哥承担起了这项任务。每天早上，吉姆都会到布莱恩家帮他起床，把他送进车里。布莱恩的妈妈会开车把他们俩送到学校，然后由吉姆把布莱恩扶出车外，坐到轮椅里。当我哥哥拿到驾照后，便由他来开车送布莱恩上学和回家。

吉姆从没把布莱恩看作负担，而是他的朋友。同样，布莱恩也是我哥哥的忠实好友。一年又一年，我哥哥不辞辛劳地帮助布莱恩，除了友情，别无所求。他们高中毕业时，我和吉姆讨论了毕业可能给布莱恩带来的变化。我担心布莱恩从此会形单影只，毕竟布莱恩的社交生活除了家庭，主要来自学校。吉姆向我保证他会经常来看布莱恩，他们的友谊会持续下去。哥哥遵守了自己的诺言。高中毕业后，吉姆在当地找了份工作，并与布莱恩保持着联系。他仍在布莱恩需要的时候给予他无私的帮助。

布莱恩30岁刚过没多久，就永远离开了我们。葬礼过后，我和哥哥被邀请参加在教堂旁边举行的家庭聚餐，与布莱恩的家人一道追忆往事。

那天晚上，我静静地坐在父母的客厅里，回想着布莱恩的葬礼和他的一生。父亲问我布莱恩一家的情况，我给他讲了那天的情形。“上学的时候和以后的日子，吉姆都一直在帮助布莱恩。”我告诉父亲，“对布莱恩来说，他真的是一个好朋友。”

父亲看着我说：“你大错特错了。友谊是双向的，他们都受益匪浅。是布莱恩让吉姆懂得了什么是真正的友谊，以及如何去忽略一个人的残疾。他仅仅通过做你们的朋友，便教给了吉姆和你很多东西。你们能够认识他，实在是很幸运的一件事。”

父亲是对的。无论什么时候想起布莱恩，他在我脑海中都不是沮丧地坐在轮椅中的样子。我看见他坐在三轮车上穿过稻田，看见他驾驶着高尔夫球车在尘土飞扬的路上行进，看见他在打垒球——光着脚。

缺少敬畏，勇敢便成了鲁莽。

恐　惧

□毕飞宇

我儿子七八岁时，胆子仍然很小。每当他感到恐惧的时候，我就会把他拉到一边，说：“孩子，恭喜你，你真了不起，你成长了，你可以产生恐惧感了。”儿子最初非常吃惊，他问我，为什么所有的老师都鼓励他要勇敢一些，我却为他的胆怯感到自豪。

我说：“恐惧感太重要了，如果你在白天爬山，你也许能健步如飞，可是，如果在夜里，当你失去对外部世界的判断力时，你的胆量自然就变小了。这是必需的，这会迫使你所走的每一步都小心翼翼。如果你在夜里爬山，也像白天那样健步如飞，你一定会掉下山。”这说明什么？说明老天爷对我们很爱护，给了我们一份无比重要的“礼物”——胆怯。胆怯是上天对生命的提示，它让你保护自己，让你自珍、自爱。

人总要向前走，在向前走的过程中，勇气当然很重要，可是，我们首先要弄清楚一个问题：自己的勇敢是不是盲目的？生命从来不是孤立的，它和周围的事物有着千丝万缕的联系。在这些联系中，有些有益于生命，有些却有害于生命，这就需要我们具有理性和判断力。当我们理性地面对困难，再鼓足勇气，这就叫“勇敢”。相反，如果你毫无理性，只会草率而盲目地行事，这种“勇敢”有什么意义呢？

恐惧的意义正在于此：它会让你停下来，先分析自己面临的处境，找到问题所在，再寻找解决问题的方法，然后开始行动。这么做才是有价值的。

想要行稳致远，就要学会盯着你想去的方向。

做重要的事

□王充闾

19世纪末20世纪初，意大利经济学家帕累托提出了一个重要理论。他认为，一件庞杂的事务，其中真正重要的部分只占整体很小的份额。这个理论被称为“帕累托定律”或“二八定律”，这在生活中很有启示性。

在赛车训练课上，教练对罗宾说：“比赛时你可能需要眼观六路、耳听八方，但最需要关心的一件事，是车轮打滑时你该怎么办。”罗宾想：“生活中不也一样吗？总会遇到各种各样的事情，有时我们还不免会碰上无法掌握的状况。”教练接着说：“碰到这种情形，你要做的其实很简单，就是盯着你想要去的方向，千万别像大多数人那样，只想着别撞上护栏。”

“现在，我们要进行车轮打滑的反应训练。这里有一台电脑，按下其中一个键，车子一边的车轮就会腾空，造成车子失控而打滑。记得刚才我们说过的操作要领！”

“没问题，”罗宾自信地说，“我明白您说的意思。”

头一次驾车出场，罗宾兴奋不已。接着，教练按下了那个键，车子随之打滑并失控。你知道此时罗宾的眼睛盯着哪里吗？一点没错，就是路旁的护栏！眼看车子就要撞上去，罗宾害怕得要命，心里不停地念叨：“千万别撞上，千万别撞上。”

千钧一发之际，陪练的教练迅速把罗宾的头扳向一侧，逼着他盯住要去的方向。虽然罗宾还是担心会撞上护栏，却不得不屈服于教练的手部力量。当罗宾把目光转向前方，车子也顺势转了过去。训练结束，罗宾停好车子，重重地舒了口气，深刻体会到了教练的话：“盯着你想要去的方向。”

生活是复杂的，对于一个想成就一番事业的人来说，必须分清事情的主次，哪些是必须做的，哪些是不需要做的，哪些事关照一下就行，哪些事应该干脆放弃。

别让时间在手中悄然溜走，用每一刻去追寻自我提升的足迹，你会发现不一样的风景。

从爱好到专业

□梁永安

追求理想的过程，其实就是了解和创造的过程。

第一步，当你想要理解、追求一个东西的时候，你只是一个爱好者，你喜欢它，但这种喜欢很浅。在爱好者这个层面，人们会有很多虚幻的构想。比如，你看到一个人弹吉他，很喜欢，自己试了一下却不行。所以“喜欢”和“掌握”是有很大差距的。

第二步是什么呢？就是做学习者。比如，你喜欢凡·高，但如果你只是沉迷于看他的画，这是远远不够的。更进一步，可以做些什么呢？他笔下的星空描绘了什么，向日葵象征了什么，这些都需要你去学习。你要了解凡·高的一生：他经历的痛苦、他的孤独、他的创作过程、他的探索路径。了解了这些，你就从喜欢者变成了学习者。若有余力，你还可以去看看他生活过的地方，感受曾属于他的天地。这时，你喜欢的就不再是一幅简单的画了，你会体会到凡·高的生命，你们之间会产生共振。凡·高的一切会调动你，你自己也在不断成长，这时你就慢慢地进入生产者的角色。

作为初级生产者，你想要表达出凡·高式的激情，可以通过音乐、绘画，也可以通过文学。不管是什么，你的内心都会有一种不可遏制的激情，催促着你去表达。但你还够不到自己想达到的境地，这时候你就又得学习了，因为你发现自己欠缺一些东西，甚至是方方面面的。于是，你就这样从一个爱好者，一步一步通过专业化的训练，成了一个杰出的生产者。

知足常足，终身不辱；
知止常止，终身不耻。

奔跑的羚羊

□[英]摩顿·维克德伦　李安章/译

有一年，我跟随野生动物学家克雷孟特先生一起前往澳大利亚大草原考察。在那里，我们看见了一大群羚羊奔跑着穿过整个草原，我情不自禁地感叹道：“羚羊的数量这么大，真是一件好事啊！”

克雷孟特先生笑笑说：“确实，否则它们很快就会灭绝。”我非常奇怪，我问他为什么这么说，克雷孟特先生指着一只停止奔跑的羚羊说：“你注意到它了吗？它马上就会成为狮子的美餐，它停下来，不是因为有什么重要的事情需要思考，也不是因为它累了，而是因为它太愚蠢了，以至于忘记了当初自己为什么要奔跑。它们发现天敌后会本能地逃开，开始向相反的方向跑，但是它们跑着跑着，就会忘记到底是什么在促使它们奔跑，有时候甚至会在最不恰当的时候停下来，沦为天敌的美餐。”

克雷孟特先生说着，又朝另一个方向指了指说：“你看见没有？在它不远处就有一只狮子，但这只羚羊停在了狮子的旁边，它们有时甚至会向狮子走过去，它们会忘记这就是同一种在几分钟以前让自己惊慌失措的天敌。”克雷孟特先生的话音刚落，那只狮子就扑向了那只停止奔跑的羚羊。

成功和失败的区别，并不在于谁跑得更快，而在于谁曾在危机逼近的时候停了下来。

真正的成长，是敢于面对自己的不足，并勇往直前地改进。

在幻想里打游戏的女孩

□胡慧娟

教室门口，一个人影晃了一下。我连忙起身，是值班老师。见我走出来，他连忙凑近，满脸严肃，压低声音说：“第二组最后一排的女生在玩手机。”啊？！玩手机！我的课上！我惊住了。

自从班级订立了手机使用公约，尤其是学校加紧了手机管控之后，班上违规使用手机的现象几乎消失了。真想不到，竟然还有人会公然在班主任的课上使用手机！我下意识地扭过头，朝教室看过去。一个熟悉的身影，正低着头，盯着桌子下面。是她！

认识小宁，是在新生见面会上。她的自我介绍让我深深地记住了她。她对那些稀奇古怪的游戏术语如数家珍，她自信满满地罗列自己不败的战绩，在同学们热烈的掌声中欢天喜地走下讲台。

听小宁的爸爸说，小宁因为沉溺于手机游戏，成绩一落千丈；直到现在，家里就没有给她买电脑或者手机，甚至彻底断网。她的“游戏经”是在哪里“念”的？我一头雾水。面对我的询问，小宁倒十分坦然，关于游戏的所有描述，都是她想象出来的。她不仅想象着玩游戏，还用文字把游戏过程记下来，发在妈妈的微博上，吸引了不少追捧的人。她脸上满是骄傲和自豪，我心里却是大大的惊叹号。这个对游戏魂牵梦萦的孩子，心里究竟藏着怎样的秘密？

周记一篇篇地看过去，我似乎找到了答案。她在外省长大，后来随父母迁居到现在的城市，环境的变化，让她有些手足无措。原本酷爱阅读写作、成绩优秀的她，感觉一下子被世界遗弃了。孤单失落之时，她在网络和游戏中找到了慰藉，成绩也一落千丈。于是她被没收了所有的电子产品，被断了网络，只能在心灵的世界里畅想。

后来，我找她谈心：“我没有经历过转学、搬家，但我可以想象你的无助。你一定曾经一个人走过一段艰难、漫长的路……”我的话还没说完，她的泪已经无声地流了下来。

我跟她的父母谈心，使他们明白对于手机管理而言，疏比堵更重要，希望能够让孩子正常使用手机，并订立手机使用公约。小宁开始正常使用手机，她的脸上又绽出难得的微笑。后来，她的周记经常被当作范文，在语文课上读给同学们听。她交了好几个朋友，中午吃饭的时候，开心地坐着说笑。一切，似乎都朝着好的方向发展。可是，我没有想到，今晚，她又在自己的桌子里藏了“秘密”。

我快走到最后一排了。我的脚步很轻，淹没在孩子们的读书声中。她依旧低着头，依旧摆弄着桌子底下的秘密，丝毫没有发现我的“亲近”。而我，所有的愤怒，所有的怨气，如同海滩上的贝壳，被汹涌的浪潮全部卷走。

不要愤怒，不要发火，不要怨恨。我默默地对自己说每一个孩子错误行为的背后，都隐藏了一个事实。而这个事实，也许完全超出了我们的理解和想象，但一定和孩子的特殊心理吻合。

桌子里的秘密，一定是手机，或者别的什么，窗外的老师不会看错。但小宁在做什么，也许并不是我想象的那样。伸出手，找她要桌子里的“秘密”吗？也许她会爽快地拿出来，也许会和我僵持几分钟。无论是哪一种结果，她都将跟我产生嫌隙。

想一想，还有更好的办法吗？来不及多想，我已经站在了她的面前。她抬起头，圆睁着一双大大的眼睛，惊异之后，竟然是坦然。我给了她一个微笑，什么也没说，转头离开了。不知为什么，走回讲台的一刻，我的内心异常平静。我保全了她的尊严，呵护了她原本脆弱的心灵。

下课后，她追出教室，叫住了我：“对不起，老师。我的课文读完了，我想做数学题，不想把数学题带回家。有个题目算不出来，就用了一下计算器。以后我不再这样了，上什么课，就学什么课的内容。”她的眼里都是真诚，我的心中溢满欣喜。

教育的神奇与美丽之处，就在于每一个下一秒，都充满了悬念。也许我们无法预知这个悬念，却可以尝试用最大的宽容拥抱这个悬念。因为，每一个悬念的背后，都是成长。

大而无当的目标，往往意味着失去目标。

为什么总是半途而废

□李笑来

我们来构造一个场景，看到底发生了什么事。

你有一位喜爱的歌手，他举办了一场演唱会。你和同学一道去看了。在那场演唱会上，那位歌手载歌载舞。临近中场的时候，一架三脚钢琴从舞台中央升起，歌手坐在琴凳上，自弹自唱。你完全被这幅画面迷住了。一瞬间，你突然渴望成为一个有能力自弹自唱的人。回家的路上，你思考了这件事，其实这也并不难，家里有钢琴，在你五六岁的时候，学过一些基础。如果从明天开始练习，每天一个小时，半年，你就可以帅气地自弹自唱了。

你打开了钢琴，翻出了旧琴谱，第一天你畅快地练了一个小时，第二天、第三天你都坚持了下来。但是第四天，你的作业有一点多，写完以后，时间已经很晚了，所以你只练了半个小时。第五天是周末，和朋友一起出去玩了几个小时，回家的时候你已经困得手都抬不起来了。接下去的几天因为各种各样的事，你都没有完成“一天练一个小时”的目标，于是，你懊丧地想：“还是放弃吧，我就是个没有毅力，容易半途而废的人！”

大多数人都有过这样失败的经历，学期开始时你计划背一千个单词，学期末却只背了三百个；早上准备要做的事，到了下午都没有完成……这些小小的失败每时每刻都有可能发生，你认真地寻找过失败的原因吗？

我经常听到的是这样一种检讨：“计划得再好也没有用，我就是个没有毅力的人”“想得到但是做不到，我就是太懒了”“我总是拖延，我改不了我的问题了”……这些“检讨”能够帮助他们解决问题吗？当然不能！因为“检讨”的内容并不是失败的原因。“我是个没有毅力的人”“我就是太懒了”都是一些错误的标签，把它们贴在自己身上，只会把自己推入反复失败的陷阱。

在希腊神话里，奥德修斯率领船队出海，在经过墨西拿海峡的时候，他听说那里有一个叫塞壬的女妖，她会用天籁般的歌声诱惑船员们下船，然后把他们吃掉。于是，奥德修斯命令水手用蜡封住耳朵。而他为了欣赏女妖的歌声，没有封住自己的耳朵，而是用绳索把自己绑在船只的桅杆上，听到歌声的时候，他想跳进海里也办不到，方才安然度过。

我们假想一下，如果奥德修斯在过海峡之前，不是让船员封住耳朵，而是开了一个大会，劝船员们用意志力去对抗海妖，结果会怎样？肯定会有懦弱的船员命丧大海。所以，当你发现问题的时候，不要一味从精神层面找原因，还要努力去寻找解决问题的方法。你没有坚持每天练钢琴，真的是缺乏意志力，还是练习的计划和方法不对呢？

现在我为大家重新分析一下整件事：

首先，你的目标是学会自弹自唱，这个目标不够具体。当目标大而无当的时候，我们通常都是很难获得成就感的。如果我们把“学会自弹自唱”改成“学会自弹自唱周杰伦的《龙卷风》”，这是不是更加容易完成呢？再举个例子，比如我的梦想是当一个医生，而从中学生到医生之间，是长达十几年的苦读，如果不把这个过程分解成一个一个的阶段性小目标，你将永远无法从努力中获得一丝一毫的奖励。而把目标设定成一首具体的歌，分解成小目标后，事情就容易多了。

其次，你原来的练习方法是一天弹一小时的钢琴，往往很难做到，因为在生活中意外情况是不断发生的，你在计划时没有预估到这部分，所以这基本是一个不可能完成的计划。计划都错了，你又如何能坚持下去呢？

在你的世界里，你要做好设计师。

习惯如何改变

□[美]詹姆斯·克利尔　邓　笛/编译

大多数人认为，想要养成好习惯或改变坏习惯，必须有强大的毅力才能做到。但是，我发现，养成好习惯或改变坏习惯的第一个驱动因素，是营造适当的环境。

波士顿马萨诸塞州总医院的营养师安妮·桑代克有一个大胆的想法，她说自己可以改善成千上万的医院工作人员和住院患者的饮食习惯，且这一切将在不需要增强他们毅力的情况下完成。桑代克和她的同事设计了一项为期6个月的研究方案。他们对医院自助餐厅的环境进行了改造，首先改变了矿泉水摆放的位置。比如，原来矿泉水放在饮料处，而苏打水放在收银台旁的冰柜里，环境改造之后，苏打水仍放在原来的位置，矿泉水则放在饮料处和收银台边上。

结果如何呢？在接下来的三个月里，医院的苏打水销售数量下降了11.4%，而矿泉水销售数量增长了25.8%。桑代克和她的同事对餐厅里的食物也进行了类似的调整，并看到了相似的结果。他们没有做任何有关健康饮食的引导式宣传，甚至没有对就餐者说过任何话，也就是他们没有试图通过增强就餐者的毅力而改变就餐者的饮食习惯。

人们选择什么，有时候只是因为这些东西在他们能够看到的地方。以我为例，如果走进自家厨房，看到柜台上有一盘饼干，我会忍不住吃几块，即使肚子不饿，而且在进厨房前并没有要吃饼干的想法。习惯会随着环境的变化而变化。

环境是塑造人类行为的无形之手。尽管我们每个人都有独特的个性，但在某些环境条件的作用下，我们往往会养成共同的习惯。比如，在图书馆里，人们会低声说话；在黑暗的街道上，人们会更加谨慎。习惯的变化常常是外因促成的，而不完全是来自内因。我们会被周围的世界改变，我们的许多习惯都与周围的环境有关。

每个习惯的形成都能从环境中找到源头，不幸的是，我们在生活和学习中有了不好的习惯，只会激励自己用毅力去改变坏习惯，却不会寻找源头，从根本上做一些改变。其实，改变环境要比增强毅力更容易。例如，学吉他坚持不下去时，就看一看吉他是否总是放在壁橱里；一本书总是读不完，就看一看这本书是否总是放在客房角落的书架上；每天需要服用的维生素常常忘记服用，就看一看药瓶是否放在平时不易见到的地方。改变了环境，就激发了行为的发生，当养成好习惯所需要的物品从隐蔽的地方转移到惹眼的地方，好习惯就会形成并保持下去。

你想要形成好习惯，就要主动改变环境，把那些能激发相关行为的东西摆在显眼的地方；你想要改掉坏习惯，就要把那些能诱惑相关行为的东西从眼皮底下挪走。不要总是被动地生活在现有的环境之中，是时候过上你自己想要的生活了。

在你的世界里，你是设计师，而不仅仅是消费者。

成长·洞见

被低估的“混乱”

通常，我们认为的成功特质包括：专注，每次只做一件事情；能自控，该做什么事情时，能立刻去做；有执行力，做事有明确的目标和进度，而不是凭心情，对每件事情要从一而终……但也有学者指出，以上方法都有一个特征，就是高度机械化，它们更适合用来学习或执行任务，而不太适合进行创造性的工作。

一项研究曾试图探讨为何有些科学家能不断取得成就，有些却如昙花一现。最后人们发现，顶级的学者往往是不断切换研究课题的。也就是说，他们如果想不断获得重要成就，就得不断探索新的领域。大量研究和具体事例向人们展现了一个问题：我们可能小看了混乱。以极大的热情追逐“整洁有序”，对混乱的忽视和本能拒绝，会让我们远离一些重要品质：创造力、应变力和适应力。对此，一些固有认知可能要被颠覆了，比如：

（1）注意力无法集中的人，其实更有潜力利用突发情况。不少人认为抗干扰能力弱是缺点，事实上，这样的人可能更具创造力。（2）我们都觉得随性会损害学习效率，比如认为不整理书桌就会效率低，其实这是一种普遍的误解。学习资料多了，堆在桌上，方便随时取用，效率往往会更高。（3）计划只做中长期的就好，比如定个月度目标，再灵活找时间实现。如果给自己制订了具体到天的详细计划，一旦出现什么意外，使你某天没有完成计划，后面也就不想再跟了。

困苦能孕育灵魂和精神的力量。

敲　雪

□刘靖安

睡到半夜，忽然觉得好冷。也许，外面下雪了。我蜷着身子，强迫自己再睡。不知过了多久，迷迷糊糊中，我听到了屋前屋后的惊叫声。睁开眼，天亮了，透进一屋的亮光。好久没见过雪了！我一骨碌爬起来，小跑着跨出门。屋檐下，我极目远眺，整个世界一片白。慢慢收回目光，我看见了父亲。他站在屋对面的小路上，眼下是一丛一丛的雪枝。我知道，托着雪的，是密密麻麻的树枝。

每到春天，那些树枝就开出一堆一堆的杏花、李花、桃花，五彩缤纷的，像一片花的海洋。花一天一天谢了，青涩的果子藏在绿叶间，一天一天地长大了。父亲不知不觉就会来到树下。开始，他会轻轻掰下枝丫，寻找枝叶间还没完全长出来的果子，偶尔发现米粒大的一颗，也要雀跃着向全家人报喜。后来，他就踮着脚尖，痴痴地看，即使枝丫垂到眼皮下，也舍不得动一动手指，生怕惊跑了它们。果子渐渐成熟了，父亲停了农活，从早到晚蹲在树下守着，守着我们的“书本”——我们兄弟多，家里又没有其他收入，读书全靠它。卖果子的钱，父亲一分也不花，全存着，刚好够我们读一年书。所以，只要我们目不转睛盯着父亲担子里那些红嘟嘟的杏呀、李呀、桃呀的时候，父亲总是拍着我们的头说：“馋了吧？这可吃不得，它是你们的书本啊。不想读书了？”我们一起点头：“想读！”“还想吃吗？”“不想！”我们一起咽口水，狠狠摇头。从此，我们就把那些杏呀、李呀、桃呀叫“书本”了。

可是，这不是果树开花结果的季节呀，父亲看那些雪树做啥呢？我很是不解。

我朝父亲走去。踩着积雪，吱吱地响。雪挤进鞋里，有一丝浸骨的寒意。眼前，是一串深深的脚印，我想那应该是父亲的，我仿佛听到了父亲踏着积雪的声音。鞋里的雪越挤越多了，我只好把脚放进父亲踩出的脚印里。我腿短，父亲步与步之间拉得很长，看样子走得很急。尽管这样，三个脚印我还是能踏中两个。因为雪被踩实了，挤进鞋里的也就少多了。

走到父亲面前，父亲看了看我，说：“星期天，多睡会儿吧？”我不回答父亲的话，不解地问：“您看这树干吗？春天还早。”“真的还早吗？快了！可是……”父亲脸上露出了忧郁之色，“这雪太大了，树枝压断了好多。”我细细一看，真的，一些断枝落在地上或是横在树上，全被雪掩住了，不仔细看根本看不出来。

“回去拿根竹竿来吧。”父亲沉吟了一阵，对我说。我怔了怔，明白了父亲的用意，于是，忙不迭地回家找来一根赶鸭子的长竿。父亲站在树下，竹竿伸到枝头，慢慢地、轻轻地把积雪一点点敲下来……几十棵果树，父亲整整敲了一个上午。父亲回家时，他的头上、脸上、身上，全是雪。给体温融化的雪水，湿透了父亲的衣服。我连忙烧起一堆旺旺的柴火，父亲骑在火上，还在瑟瑟发抖。

这天晚上，父亲问我：“今晚还会下雪吗？”“下呀，老师说‘瑞雪兆丰年’，下得越大越好！”我说。“我娃儿有长进了，好，那就下吧！”父亲抚摸着我的头，频频颔首。晚上，果真又下起了大雪。父亲怎么也睡不着，他的耳朵支棱着，听着外面的风吹草动。“睡呀，你怎么了？”母亲不耐烦了。“你懂啥？这叫听雪！”父亲的声音很大，我和弟弟就哧哧地笑，笑父亲不会用词——雪，是能听的吗？

半夜，父亲突然翻身跳下床，惊醒了我们。我们问他怎么了，父亲说：“我听到树枝又断了，一声连一声，我得敲雪去。”我们说：“这么远，听不到，您那是幻觉，睡吧睡吧。”可是父亲不理会我们，拖着竹竿，打着手电筒就出了门。我们穿了衣服追出去，在屋檐下看见的已是一束在树下晃来晃去的亮光了。看了一会儿，冷得不行，我们只得跑进被窝。

天亮时，父亲回家了，他把我们全都摇醒，高兴地说：“一根树枝也没断，你们又能上学了。”父亲的牙齿磕得咯咯直响，不听使唤。第二天，父亲就病了。

冬天过了，春天来了，夏天也来了，桃呀、杏呀、李呀，比哪一年都好，父亲的病却一直不见好转。我挑了两个又大又甜的桃，捧到父亲床前，说：“爸，您尝尝吧，甜着呢。”父亲挣扎着撑起身子，怒气冲冲地吼：“谁叫你们吃？不想读书了？”“想！”我哭着说，“我们没吃，只想您吃一个！”父亲叹了口气，拉过我，给我擦了一把眼泪，说：“捡起来吧，我吃一个！”

我看见父亲咬了一口，他的眼泪也一下子流了出来。

人生的真谛总须在经历中探寻，人生的意义总须在经历中实现：每个不曾起舞的日子，都是对生命的辜负。

成为一棵树，就是成为意义

□叶　子

在乌鲁木齐生活，走遍城市周边的厂矿乡镇，看遍塞外风情、西部风景，最吸引我的还是旷野中的树。西北地域辽阔，沙漠绿洲里有连成片的防风固沙林，把土地分割成整齐的色块，庇护着村庄和庄稼，成为西北一道独特的风景。只是这道风景因为着了人工的痕迹，太过整齐划一，而缺乏生动的韵味。

我曾无数次驱车走进沙漠腹地，有时要在一望无际的戈壁公路走上一整天甚至更久，除了戈壁和沙漠，一路上基本上见不到村庄和畜群的影子。漫漫行程中，如果前方的视野里猝然出现了一棵树，哪怕是一棵纤细孱弱的小树，我们因视觉疲劳而干枯的眼睛也会瞬间被点亮。试想一下，在穹庐如盖的戈壁滩上，天空蔚蓝如深渊，大地静默如禅境，唯有一棵孤零零的树，茕茕孑立，形影相吊。那树的姿容，在历经日月精华、风雨洗礼后，仿佛被注入灵魂，以一己单薄之躯，把时间、岁月、四季牢牢地钉在了天地间。

来的次数多了，我能从一棵树的树干、枝条的粗细和力度，叶子的形状和颜色，四季的姿势，开花或者凋谢的节奏和时间，来推演它，识别它，认识它。如绅士一般傲然睥睨的，是白杨树；如少女一般妖娆妩媚的，是沙枣树；如老妪一般佝偻蹒跚的，是老榆树；如孩童一般嬉闹顽皮的，是白桦树……

在无数次的行走和凝望中，我猜想：或许恰巧有一只飞鸟，在长途迁徙的途中，稍微松了松劲儿，口中衔着的一颗种子，恰巧掉在旷野中，落在戈壁上。那些天，干旱少雨的戈壁滩恰巧下了一场雨，催开了这颗种子。于是，在日光月华里，在风霜雨雪里，这棵小树得以在旷野里静静地开枝散叶，默默长大。

如果有很多棵树站在一起，就有了一股子豪情和气势，树很快聚成一片树林。它们不看对方，也不张望同伴，只顾自己向下的沉着或向上的激情，又四面散开，铺陈出一方大气象。有树的地方，就有了村庄，斗转星移、沧海桑田后，一个村庄的风华岁月就悄然镌刻在村旁的某棵古老的树上。树站立在地上，又深埋在地下，成了一方土地沉默而庄严的灵魂，因此最有可能知晓天地间的秘密。树在土壤里根茎盘曲，在天空中枝叶伸展，记录下这片土地的休养生息，记录下白天黑夜的逸事见闻，然后藏匿于树身，忠实守护天地万物。

这些干净蓬勃的树、高傲孤独的树、温柔逶迤的树、斑驳苍劲的树、漂亮婀娜的树，甚至那些一半已经焦黑死去，另一半正在重生的树，新的生命顽强而缓慢地挺进着，鲜嫩和柔弱与高高裸露的黑树干相得益彰。干净的空气和蓝色的天，让旷野里的树这样顽强地活着，每一根枝丫都在迎风起舞，每一个独特的姿势都无法被忽略，那样静美、桀骜、谦逊，让人心动。

树不会说话，却用生长与凋落来表达生命。南方的樟树为什么而香？西北的胡杨缘何坚守大漠？垂柳近水，虬松傍石，只因情愫；玉兰报春，丹桂献秋，但为天性。我能够确定的是：旷野里的树和旷野里的风，一定是一对怨偶。它们的交流真是风情万种。风越猛，树越勇，风妩媚，树婀娜，风的疲惫是树的沧桑，风的自豪是树的挺拔，风的哭泣是树的凋零，风的自由是树的孤寂，风的复返是树的年轮，风的见识是树的智慧，风是树的加持，树是风的定力，风的远方是树的天空。

作家三毛曾写过这样一段话：“如果有来生，要做一棵树，站成永恒。没有悲欢的姿势，一半在尘土里安详，一半在风里飞扬，一半洒落阴凉，一半沐浴阳光。非常沉默，非常骄傲，从不依靠，从不寻找……”我猜想，三毛的灵魂早已镌刻在撒哈拉沙漠里的某棵树上，坚毅，沉默，洒脱，自由，吮吸着风霜雨雪、日月精华，收获了大喜悦、大自在，按照她生前的意愿，长成她想要成为的样子。

诺贝尔文学奖获得者奥尔罕·帕慕克说：“我不想成为一棵树本身，而想成为它的意义。”我想说，成为一棵树，就是成为意义。

坚强的人，不为失去的愤愤不平，只为还拥有的感激不已。

信封里的十元钱

□谢琼梅

前几天整理家里的书房，突然从曾经的日记本里掉落一张十元纸币，看着这熟悉的十元钱，往事瞬间浮上心头，泪水再次夺眶而出。

我和妹妹的童年是在云南省楚雄州双柏县的大山里度过的。虽然我们没有城里孩子那么多的玩具和漂亮的衣服，可依然很快乐。读过几年书的父母，在村里也算是有文化的人，除了尽他们所能给我们满满的关爱、用心抚育我们成长，更为难得的是他们排除万难，一直坚持让我们读书，并把我们姐妹俩供到大学毕业。

在我上初中之前，我们的生活中没有“忧愁”二字。白天我们和母亲一起要么去田里割草，要么上山砍柴，晚上则常常围坐在火塘边竖起耳朵听父亲讲古老的神话传说，欢声笑语遍布每一个角落。然而，幸福的生活总是很短暂。在我读初二那年，母亲突然患上了严重的类风湿病，只能躺在床上休息，严重的时候甚至都不能自己梳头。看着父亲一边操持家务一边带着母亲四处求医的身影，以及母亲被病痛折磨的痛苦模样，曾经无忧无虑的我们似乎突然间就长大了，周末、假期会抢着帮父亲干家里的农活、默默地照顾母亲，也没有了往日调皮的争吵，学会了互相关心，共同努力去守护我们的家。

后来我离家到五十多公里外的县一中读高中，而比我小四岁的妹妹则在镇中学读初中。为了节省路费，我平时很少回家，在学校里也就更加挂念家里。为了让我安心地学习，妹妹常常会写信把家里的状况告诉我。每次收到妹妹的来信，我都会迫不及待地打开，了解家里的近况。于是，写信成了我们姐妹俩之间的交流方式。除了说家里的日常，我们还谈自己学习中的烦恼，互相鼓励、加油；生活上互相关心，天冷不忘相互叮嘱多加衣服。

有一天，像往常一样又收到妹妹的来信，我急忙来到安静的角落，准备读妹妹的信件。打开带着馨香的信纸，一张折叠整齐的十元钱突然滑落下来，我一看霎时就明白这是妹妹平时省吃俭用省下来寄给我的。我的傻妹妹啊，我的眼泪瞬间就如断线的珠子一样滚落而下，心如刀割般疼痛。本来就瘦弱的妹妹是省下多少顿的菜钱才凑足了这十元钱啊，那个时候妹妹每周的生活费只是五元钱。握着手心里的十元钱，我觉得是那么滚烫和沉重，后来再难也没舍得用掉，一直保存到现在。

假期回到家里，听母亲谈起妹妹，更是心疼至极。每个周末妹妹回到家中，都会拼命干活，割草、放牛、清洗家里的衣物，总想着帮着把家里的活干完，可农村的活是永远也干不完的。每个星期天的傍晚，着急的母亲都会催促着妹妹赶快回学校，可每次妹妹都是在太阳落山后，才匆匆踏上回学校的归途。从我们家到学校需要走一个多小时的山路，妹妹估计没走到一半路，天就黑了。我无法想象在那三年的日子里，妹妹是如何一个人克服心中的恐惧和劳累走那么远的夜路的。我想也许是她心里坚定的信念在支撑着她吧。

苦难是一把双刃剑，在带给我们痛苦的同时也让我们学会了坚强。我和妹妹都很珍惜这来之不易的学习机会，倍加刻苦读书。我们先后顺利考入自己理想的大学，然后又都有了理想的工作，有了稳定幸福的生活，也把操劳了一辈子的父母接到了城市安享晚年。可曾经那些难忘的岁月深深地印在了我们的心里，使我们一直以来都懂得互相理解、关心、支持，珍惜在一起的时光。

是啊！这么多年来，不管时光如何无情地悄悄流逝，不管世态如何变化，唯一不变的就是我们姐妹之间这份血浓于水的手足深情。我会珍惜这份手足之情，让它如同那永不褪色的十元钱，永远闪耀在我们心中最柔软的地方。

世上无难事，只怕有心人。

别说“我不行”

□[美]昆西·卡斯卡特　乔凯凯/编译

小时候，我的体质很差，常常生病。父亲的好朋友托尼，经营着一家健身房，他告诉我的父亲，可以把我送到健身房，他会教我做体操，指导我怎样把身体锻炼得更加强壮。父亲毫不犹豫地采纳了他的提议。

和我预想的一样，在健身房的第一天，我就遇到了困难。托尼让我先做几组热身动作。前几个动作比较简单，我跟着做了。在做最后一个动作时，我停了下来——左臂伸直往前探，右腿后伸向上抬，尽量达至一条水平线上，让身体保持平衡，这对我来说太难了。

“我不行。”我沮丧地对托尼说。“嘿，小伙子，也许你不知道，在我的健身房里，不许说‘我不行’。”托尼耸了耸肩，然后指着一旁正在独自做俯卧撑的一个人说，“只要说出这三个字，就要接受惩罚。当然，我会给你一次机会。”

我承认，听到这番话，我立刻想要回家。身体强壮的人都会被惩罚，何况那么弱的我。如果他要我们做能力之外，或者其他有安全隐患的动作，我们也要照做吗？

“别急着想要回去。”托尼笑了笑，接着说，“我是说，你可以换一种方式说。”换一种方式？我不明白托尼是什么意思。托尼问我：“你为什么觉得自己不行？我的意思是，背后的原因是什么？”

我看着托尼，仍然一脸疑惑。托尼试着引导我：“是因为之前没有做过，害怕做不好？还是因为累了，想要休息一会儿？抑或是因为当着这么多人尝试，你觉得尴尬？我希望你能找到原因，你知道吗？只有这样，我才能帮助你。”

“我的平衡能力很差，我不认为自己可以用单腿站立。”我犹豫着说。

听了我的话，托尼拍着我的肩膀，轻松地说：“别担心，我可以帮助你。”最后，在托尼的帮助下，我完成了那个动作。更让我意外的是，当托尼把他的双手从我的腰上拿开时，我竟然还可以维持平衡。

后来我又遇到了一些困难，但每当我想要说“我不行”的时候，都会问自己：它意味着什么？想明白之后，我会选择用另外一种方式说出来。

细节决定成败。

一只怪老虎

□姚　望

清代有位名叫华嵒的画家，他一生虽然创作过许多画作，但没有太大的名气，许多画作卖不出去，日子过得穷困潦倒。

和许多画家一样，华嵒也喜欢画虎。古人一般称老虎为“山君”，即“山大王”之意，不管是画上山虎还是下山虎，画师们都力争把虎的勇猛霸气画出来，这几乎是行业共识。然而有一天，华嵒在创作一幅老虎的画作时，出人意料地将“山大王”画成了一只“病猫”。

在华嵒的这幅画作中，只见老虎弓着腰，沮丧地夹着尾巴，一副生无可恋的委屈神情。看过此画的人都被这只“病老虎”逗得哈哈大笑。有人讥笑华嵒，说他真正做到了“画虎不成反类犬”。

面对众人的嘲笑，华嵒表现得异常淡定，也没做过多的解释。直到有一天，一名专门画虎的行家无意中看到华嵒的这幅作品，大为惊讶，因为他发觉出了不一样的东西——仔细看，画中的老虎正惊恐未定又忙不迭地使劲用爪子抓挠着自己；再留意观察老虎的眼睛，它正翻起白眼，用余光察看令人胆战的危险是否还在眼前。

那么，画中的老虎为何如此害怕呢？秘密就在画的右上角——这里藏着一只个头很大的野蜂，它正扑棱着翅膀对老虎做攻击状！观察到这个细节，就会明白：此时此刻，“山大王”的的确确变成了胆小怕事的“病猫”，因为它奈何得了山中百兽，却对眼前这只小小的野蜂束手无策。

这个看似不起眼的小细节，正是这幅画作的出彩之笔。明白这一点后，众人终于被华嵒卓尔不凡的画工折服了。这幅画作便是流传千古的《蜂虎图》。据说，华嵒之所以创作这幅画，是因为看到一只黄蜂戏弄一只打瞌睡的老虎，使其不得安宁，因此受到启发。

古往今来，画虎之人数不胜数，《蜂虎图》脱颖而出，全靠画家“藏巧于拙，用晦而明，寓清于浊，以曲为伸”。它不以华丽威猛为荣，单以深藏不露的质朴细节取胜。有时，为人处世的道理也是这样。

智慧之人首先能认识到自己的无知。

愚蠢的故事

□臧　北

有一个人在各种场合说了很多愚蠢的话，每次一想起来他就感到深深的羞愧与后悔，但他又无法避免说出更多愚蠢的话，因为他本就是一个愚蠢的人。他决定把自己锁在家里，不再出门见人。

后来，他接受了一位聪明朋友的建议，每当他有一个愚蠢的想法，自言自语了一句愚蠢的话，或者做了一个愚蠢的举动，就把它写在纸条上，扔进纸箱里，隔一段时间拿出来看一看，或许就能够找到愚蠢的线索，从而变得聪明起来。他纸箱里的字条越积越多。

刚开始的时候，他还会遵照朋友的指点，常常打开纸箱，翻翻那些小字条，他的确成功避免了同样的愚蠢，但是新的愚蠢层出不穷，这让他很快就失去了检视的耐心以及获救的希望。不过他把记录愚蠢的习惯坚持了下来，但只是记录自己的愚蠢，从不涉及他人，因为有时候他人的愚蠢在他看来恰恰是聪明之举，他无法判断对另外一个人来说那算不算愚蠢，反正他也不是救世主或者评判聪明和愚蠢的法官，他的智力有限，能够发现和记录自己的愚蠢已经让他感到不可思议了。

有一天，一位对他感兴趣的出版商朋友来拜访他，打开塞得满满的纸箱，一边看着字条一边哈哈大笑。“多么疯狂的愚蠢呀！我要把它出版出来！”那位兴奋的出版商说，“你会大获成功！”出版商拥抱了他，立即伏在书桌上开始起草出版合同。

他第一次为自己的愚蠢感到高兴。他已经能够想象到他将因此成名，他会出现在电视屏幕上接受采访，用愚蠢的回答和举止让主持人和观众捧腹大笑，人们喜欢他，他又可以出席各种会议了，主办方都乐于邀请他，因为他表里如一，他的愚蠢不再是一种有失体面从而令人尴尬的行为。他的愚蠢就是愚蠢，每个人都可以对此哈哈大笑而不用考虑会刺伤他的自尊，而他再也不用担心害臊。他活在自己的愚蠢里如鱼得水。

他如是得出结论：人得学会接受自己的愚蠢，不然就太蠢了。

品格能决定人生，它比天资更重要。

“走在后面”的谦逊

□唐宝民

士会是春秋时期晋国的大臣，他有个儿子，人称范文子。从范文子小的时候，士会就从各个方面对他进行培养，使他成了一个忠厚、谦逊的孩子。范文子长大以后，成了一名久经沙场、身经百战的军事将领。

公元前589年，晋国和齐国发生了战争，晋国派出了以郤献子为统帅的军队攻打齐军，范文子也跟随队伍出征。因晋国统帅指挥有方、将士们作战勇敢，所以，最终大败齐国军队，取得了战争的胜利。

大获全胜的晋国军队班师，在到达京城的那天，许多大臣和百姓都在城门外迎接凯旋的将士们，年迈的士会也在迎接的队伍中。当队伍到达的时候，士会仔细望着走过来的每一个人，盼望着能早点看到自己的儿子。可是，很多将士都进城了，士会还是没有看到范文子，心中不免焦急起来。直到队伍即将全部走进城门的时候，士会才在队伍的末尾看到了自己的儿子。父子相见后，士会便问范文子：“我这么盼望你归来，你为什么走在队伍的最后呢？”范文子回答说：“父亲，军队在外面打了胜仗，凯旋时会受到国人的欢迎，那么，走在队伍最前面的人，一定格外引人注目，这等于代替主将接受荣耀，所以儿子不敢走在前面。”士会听罢，这才知道了儿子走在后面的原因，连忙对儿子的做法表示赞许。

得胜归来的将领们，都要挨个儿去朝见晋景公。等到范文子朝见晋景公的时候，晋景公说：“这次打了胜仗，是你的功劳啊！”范文子连忙回答道：“我从元帅那里接受命令，把命令传达给将士们，将士们服从命令拼命作战，所以才取得了胜利。我哪有什么功劳可言啊！”晋景公听罢，对范文子的谦虚赞叹不已。

当一件事情做成以后，有些人就会拼命去争功，范文子却正好相反，他不但不主动争功，还把本属于自己的功劳让给别人。这种“走在后面”的谦逊，彰显了他身上高尚的人格魅力。

坚持正确选择，或许要承受不公的待遇，但这才是为人的正轨。

你还是该坚持“小水滴”

□杨　照

科学考试中有一道题目：“从烧热的壶嘴里冒出来的白烟，是水蒸气还是小水滴？”你依照课本上说的，判断水蒸气应该是无色的，遇冷成为水滴才会被看到，于是选了“小水滴”。发下考卷，却发现老师给出的答案是“水蒸气”。几位同学拿着课本去跟老师讨论，老师还坚持就是“水蒸气”。

你回来问我，我觉得这再明白不过，就是“小水滴”，应该是老师想错了。人都可能犯错，但我必须让你了解，就算一个老师，把“小水滴”弄成“水蒸气”，你都该坚持正确的观念，别为了“得分”而接受明知道是错误的答案。

你想了想，问我：“那下次再考这一题，我还是要回答‘小水滴’吗？”我说：“当然！”“可是那样又会被打叉，又会因为这一题得不到满分。”“知道对的答案，坚持对的答案，比分数更重要。”

你想了想，又问：“既然我已经知道正确答案了，可不可以写‘水蒸气’？我不会搞混。可是如果别人写‘水蒸气’，明明他们错，却得到满分，我反而得不到，那不公平！”

眼前浮上你假设的状况，想象你心中应该会有的委屈，我差点儿冲动地说：“那也好，只要你知道那不是真正对的答案。”可是在话出口的瞬间，我犹豫了，脑海中闪过好几个其他影像与念头，过了好几秒才说：“我还是觉得这样不好。我不希望你养成习惯，为了分数去选明明知道是错误的答案。”

那几秒中，我仿佛看到你长大了，大到懂得许多复杂的事，也就大到可以跟我讨论我所做的决定。我仿佛看到这么一个场景，长大后的你站在我身边，我们不知在讨论什么样的事情，你坚决地告诉我：“爸爸，我觉得不可以这样！”我问：“为什么？”你说：“因为你以前不是这样教我的！”

那一刻，我明白了一件事。我今天要教你、告诉你的任何原则，都应该从未来的角度仔细思考。我没有道理讲不想要你相信的原则，而一旦你接受了、相信了我所说的原则，那么未来等你长大了，你自然会用同样的原则来看待我、评断我所做的事。你会是我未来生命中最重要的监督者。

在将来，我希望当我有一丝一毫疑惑，不晓得自己该不该用明知不对的事，去换取或大或小的肯定或利益时，你会明快地告诉我：“不可以！”

为了这样的未来，现在的我当然就不能让步，同意你用明知不对的答案去换取分数。为了一个正直的未来，而且是我们共同的正直未来，我必须告诉你，就算会因此失去满分的机会，你还是该坚持“小水滴”。

成长·洞见

高手应该怎么休息

以下这几种休息活动，你认为哪种效率最高？1.放松：什么都不干，或者做几个伸展运动。2.给身体补充点什么：喝杯饮料之类。3.社交：跟别人聊聊天。4.认知：读读新闻，上上网。

第4项，是多数人喜欢的休息方式，但研究结果非常明确——这不但不能休息，反而会让我们变得更累。因为阅读会消耗注意力，而是否点击网页之类的决策会消耗意志力。实际上，真正有用的休息是1、3两项，喝饮料也没用。

关于休息，科学家的第一个建议是，先断网。第二个建议是短而频繁的休息，这比长时间学习和工作，然后长时间休息更好。第三个建议是休息的时候最好离开教室或办公室。具体而言，4个有科学证据支持的休息办法，值得记住。

第一个办法是散步。就算你不“正式”散步，每隔一个小时站起来走几步就很好。第二个办法是到大自然中去。接触不到大自然，还可以用有关大自然的图片代替。有研究说看6分钟大自然图片，就能对你的大脑产生明显的积极效果。第三个办法是跟朋友聚会，聊聊天。但要注意，不能是为了应酬。第四个办法是休假。好的休假就像充电，可以让你在后面很长一段时间有充沛的精力。

生命始终有它值得敬畏的奥秘，
需要以赤子之心坦然相对。

唯文字
可以完成抗拒

□鲍鹏山

在图书馆读到一本叫《一年有半·续一年有半》的书，是日本哲学家中江兆民写的。因为他被查出患了绝症，医生说他只能活一年半了，于是，他下决心，用这最后的一年半时间，写一本书，书名就叫《一年有半》。

一年半以后，他还在，就接着写，书名叫《续一年有半》。书里面有一句话，大意是，男子汉大丈夫，来到世上，要留下一个大大的脚印。

大学毕业后，我去青海工作，宿舍隔壁是学校的档案室。一天，我经过档案室门口，看见档案员——一个四十多岁的女员工——在里面整理档案。我拐进去和她说话。我看到有一份档案被放在一边，上面注明“销毁”。我问为什么，她说：“去世职工的档案，按照档案管理规定，过了一定年限后（我记不得她当时说的是多少年了）就要销毁。”

我很惊讶：“那就是说，关于他的一切记录都要被销毁了？以后就没有人知道他曾经在这里工作过了？”

她说：“是。”

“怎么可以这样？怎么可以这样抹杀他？！”

档案员平平淡淡地说：“都这样呀！每个人都这样呀！”

《古步出夏门行》曰：“市朝人易，千岁墓平。”《古诗十九首·去者日以疏》云：“古墓犁为田，松柏摧为薪。”世间万物，往往都会归于虚无。

《庄子》中有一个词：物化。凡是物，都会化。陶渊明说“纵浪大化中，不喜亦不惧”，其实，他是惧的。他为什么会写那么多诗文？因为他也怕自己被湮没了。

测试：面对窘境你能否逆风翻盘

面对窘境，有的人心理素质良好，能够极好地化解困境，甚至让现状变得比之前还要好。而有的人在面对困境的时候，就会慌乱不知所措。那么面对窘境，你能否逆风翻盘呢？

开始测试：

1. 你觉得自己的家庭氛围好吗？

家庭氛围很好——跳2　　家庭氛围一般——跳4

家庭氛围不好——跳3

2. 遇到有人背后捅刀子，你会怎么反应呢？

立马报复过去——跳4　　觉得很委屈——跳3

君子报仇，十年不晚——跳6

3. 你会经常看励志的故事来鼓励自己吗？

经常看——跳4　　根本不看——跳7　　偶尔会看——跳5

4. 你幻想过以后能够中五百万元吗？

经常幻想——跳6　　从没想过——跳7　　偶尔想过——跳8

5. 你会把自己的心事都写在日记本里吗？

会的——跳7　　不会——跳8　　看情况——跳6

6. 没钱的时候，你会在网上贷款吗？

会的——跳9　　绝不会——跳7　　不好说——跳10

7. 委屈的时候，你会哭鼻子吗？

运动发泄——跳8　　会哭鼻子——跳10　　谁都不搭理——跳9

8. 如果你上班了，下班之后，你还会继续学习吗？

一定会的——A　　不会——跳9　　不好说——跳10

9. 遇到挫折的时候，你更喜欢跟谁倾诉呢？

朋友——B　　不跟人倾诉——D　　家人——跳10

10. 你对自己的未来，是否会有规划？

很多规划——A　　从不规划——C　　不好说——D

测试结果：

A.你能逆风翻盘，向阳而生

你是个内心特别坚强的人。很多时候你的人生都不是一帆风顺的，但是你从来不曾放弃过希望。即便是面对很多的窘境，你都会积极应对。所以你能够逆风翻盘，向阳而生。对于你来说，你欠缺的只是时间。你的意志很坚定，只要是认定的事就会毫不动摇地做下去。

B.你需要被不停鼓励才能做好

你是一个不怎么自信的人。尤其是跟别人对比你总是觉得自己能力不够，什么事都做不好，所以受到打击的时候你会失望沮丧。你很想得到别人的认可，所以要是有人不停地鼓励你、认可你的话，你就会越做越好，能够有机会逆风翻盘向阳而生。

C.你稍微有点悲观

你是个对生活稍微有点悲观的人。你总是把凡事都想得很糟糕，因为你觉得自己不可能那么幸运，所以遇到好事你会往坏的方向想，遇到糟糕的事你会觉得理所应当，自己碰到了一点都不奇怪。所以遇到窘境，你不是努力去对抗，而是有点消极对待，感觉自己没有任何希望。

D.你会各种自暴自弃

你是个对生活、对自己没有抱任何希望的人。你经历了太多的挫折打击，生活中没有什么事还会再让你看到希望，你觉得自己生来就是一个失败的人，所以即便是在窘境面前，你都不是想着努力改善一下环境，而是想着自暴自弃算了，反正最后的结果都会很糟糕。

敬启

本书为正规出版物。在阅读过程中，若遇内容方面任何问题，请与我们联系，联系电话18501931246。若影响到您的阅读体验，我们深感抱歉！感谢您对本书的认真阅读。